燕翼诒谋录
墨庄漫录

[宋] 王栐 张邦基 撰

孔一 丁如明 校点

图书在版编目(CIP)数据

燕翼诒谋录 墨庄漫录/(宋)王栐 张邦基撰;孔一 丁如明校点.
—上海:上海古籍出版社,2012.12(2023.8重印)
(历代笔记小说大观)
ISBN 978-7-5325-6328-9

Ⅰ.①燕… ②墨… Ⅱ.①王… ②张… ③孔…
④丁… Ⅲ.①笔记小说-小说集-中国-宋代
Ⅳ.①I242.1

中国版本图书馆 CIP 数据核字(2012)第 045020 号

历代笔记小说大观

燕翼诒谋录 墨庄漫录

[宋]王 栐 张邦基 撰
孔 一 丁如明 校点

上海古籍出版社出版发行

(上海市闵行区号景路 159 弄 1-5 号 A 座 5F 邮政编码 201101)

(1)网址:www.guji.com.cn

(2)E-mail:guji1@guji.com.cn

(3)易文网网址:www.ewen.co

常熟文化印刷有限公司印刷

开本 635×965 1/16 印张 10 插页 2 字数 135,000

2012 年 12 月第 1 版 2023 年 8 月第 2 次印刷

印数:2,101—3,200

ISBN 978-7-5325-6328-9

Ⅰ·2482 定价:25.00 元

如有质量问题,请与承印公司联系

总　目

燕翼诒谋录

［宋］王　栐　撰

孔　一　校点

校 点 说 明

　　《燕翼诒谋录》五卷,宋王栐撰。栐字叔永,号求志老叟,庐江(今属安徽)人。大约生活于南宋中叶,曾在山阳(今江苏淮安)做官。

　　本书书名源自《诗经·大雅·文王有声》"诒厥孙谋,以燕翼子"二句,意为北宋前几代君主遗传给子孙的治国谋略记录。书中记述宋朝有关典章制度的创建、沿革、兴废,并论其得失,涉及选举、职官、军事、刑法、宗教、民俗诸多方面,与书名颇为相合。而其记录时限,一般(《四库全书总目提要》、《学津讨原》本张海鹏跋及近人整理本说明)以为"上起建隆,下迄嘉祐",则与实际不符。李裕民《四库提要订误》指出"书中南宋之事仍有所载",至确;惟以为《四库全书总目提要》因"采王栐自序之说"而误,亦属失检。查王栐自序云:

　　　　考建隆迄于嘉祐,良法美意,灿然具陈,治平以后,此意泯矣。
"建隆迄于嘉祐"是强调太祖、太宗、真宗、仁宗四位先帝为后世创立、遗留下宝贵的治国谋略——"良法美意",并非限定《燕翼诒谋录》全书所载即在于"建隆迄于嘉祐";而"治平以后,此意泯矣",则是批评英宗以后诸帝未能继承先帝优良传统,这也就决定了本书是宋朝逐步衰败的记录。

　　这次校点,取《学津讨原》本为底本,校以《百川学海》本、《文渊阁四库全书》本,并以《宋史》及有关史料参校;卷二"举人命题"条底本缺题,今据文意代拟;王栐自序原在卷首,今移至目录之后。不当之处,敬请读者指正。

目　　录

燕翼诒谋录序

仰惟艺祖皇帝,肇造区夏,宏规远略,传之万世。太宗皇帝、真宗皇帝、仁宗皇帝,嗣守丕基,善继善述。凡所更张设施,无非忠厚,故深仁庞泽,固结人心,牢不可解。虽中更新法,多所更易,其后封豕长蛇,荐食上国,而民以身徇国,有死无贰,至有城破,比肩拱手就戮,无一降者。其培植涵养,深根固蒂,岂一朝一夕之故哉!昔汉祖入关之初,约法三章;唐宗甫得天下,定租庸调:而汉四百年、唐三百年基业,实本于此。然汉祖殁而吕氏用事,唐宗亡而武氏革命。孝文继立,能绍先志;景帝刻薄,则又反是。玄宗讨乱,复以肇乱。其视皇朝,列圣相继,卒代而广声者,万万不侔矣。人皆知罪熙、丰以来用事之臣,而不原祖宗立国之本旨。苟非规摹宏远,德泽深厚,则其效验尚不能如汉、唐之季世,何以再肇中兴之基?夷考建隆迄于嘉祐,良法美意,灿然具陈,治平以后,此意泯矣。今备述如后,与识者商榷之,以稽世变云。宝庆丁亥孟冬既望,求志老叟晋阳王栐叔永书于山阴寓居求志堂中。

稗官小说所载国朝典故,多相矛盾。故李公伯和质以国史,为《典故辨疑》一书,凡诸家所载,无一非妄,几于可以尽废。今余所述,无非考之国史、实录、宝训、圣政等书,凡稗官小说,悉弃不取,盖以前人为戒也。凡我同志,讥其妄论则可,以为缪误则不可矣。苟有以警教之,则又幸也。中浣日再书。

卷一

进 士 特 奏

　　唐末，进士不第，如王仙芝辈唱乱，而敬翔、李振之徒，皆进士之不得志者也。盖四海九州之广，而岁上第者仅一二十人，苟非才学超出伦辈，必自绝意于功名之涂，无复顾藉。故圣朝广开科举之门，俾人人皆有觊觎之心，不忍自弃于盗贼奸宄。开宝二年三月壬寅朔，诏礼部阅贡士十五举以上曾经终场者，具名以闻。庚戌，诏曰："贡士司马浦等一百六人，困顿风尘，潦倒场屋。学固不讲，业亦难专，非有特恩，终成遐弃。宜各赐本科出身。"此特奏所由始也。自是，士之潦倒不第者，皆觊觎一官，老死不止。至景德二年三月丁巳，因赐李迪等进士第，赐特奏名：五举以上本科六十四人。《三传》十八人，同学究二十二人，《三礼》四十四人，年老授将作监主簿三十一人。此特奏之名所由立也。至景祐元年正月癸未，诏："进士、诸科，十取其二。进士三经殿试、诸科五经殿试，或进士五举年五十、诸科六举年六十，虽不合格，特奏名。"此特奏名所以渐多也。至大中祥符八年二月丙子，则命进士六举、诸科九举特奏名，并赴殿试。则又以人多而裁抑之也。况进士入官十倍旧数，多至二十倍；而特奏之多，自是亦如之。英雄豪杰皆汩没消靡其中而不自觉，故乱不起于中国而起于夷狄，岂非得御天下之要术欤？苏子云：纵百万虎狼于山林而饥渴之，不知其将噬人。艺祖皇帝深知此理者也，岂汉、唐所可仰望哉！

御试不称门生

　　自唐以来，进士皆为知举门生，恩出私门，不复知有人主。开宝六年，下第人徐士廉挝登闻鼓，言久困场屋。乃诏入策进士，终场经学,并试殿庭。三月庚午,御讲武殿覆试新进士宋准以下一百二十七人。是岁,礼部所放进士十一人而已,五经止二十二人。艺祖皇帝以初御试,特优与取放,以示异恩;而御试进士不许称门生于私门,一洗故习。大哉宏模,可谓知所先务矣。

吏铨试书判

国初承五季之乱,吏铨书判拔萃科久废。建隆三年八月,因左拾遗高锡上言请问法书十条以代试判,诏今后应求仕及选人并试判三道,仍复书判拔萃科。先是,诸道州府参选者每年冬集于吏铨,乾德二年正月甲申,诏选人四时参选。待之者甚厚,责之者甚至,真得驭臣之柄矣。后因铨部姑应故事,不分臧否,虽文纰缪、书不成字者亦令注官,故真宗景德元年八月,令铨司引对赍所试书判,以备奏御。仁宗即位之初,以诸路阙官,凡守选者,并与放选,以示特恩。至景祐元年正月,遂废书判为铨试。议者以为奏补人多令人假手,故更新制。曾不思书判犹如今之帘引,虽有假手,不可代书;若铨试之弊,则又甚矣,虽他人代书可也。省试犹可,况铨试乎!承平时,假手者用薄纸书所为文,揉成团,名曰"纸球",公然货卖,亦由朝廷施刑寖宽故也。

复置县尉

五代时,尉职以军校为之,大为民患。建隆三年十二月癸巳,诏:"诸县置尉一员,在主簿之下,俸与主簿同。"始令初赐第人为之,从赵普之请也。

选人服绯紫

国初,选人有服绯紫,或加阶至大夫,故人以为荣,虽老于选调不悔。乾德二年六月庚寅,中书详定陶毂等议:防御、团练、军事推官、军事判官，<small>今从事郎</small>。三考加将仕郎，试秘书省校书郎；留守、两府、节度推官，<small>今文林郎</small>。三考加承奉郎，试大理评事。掌书记、防御、团练、判官，<small>今儒林郎</small>。二考加宣德郎，依前试大理评事兼监察御史；留守、两府、节度、观察判官，<small>今承直郎</small>。一考加朝散大夫，试大理司直，依前监察御史又转而为诸府少尹，申奏加检校官或加宪衔。观察判官以上服绯，又十五年服紫，但不佩鱼，谓之"阶绯"、"阶紫"，非有劳绩而历任无过失者，并不改官，故改官之法亦优。

借绯紫佩鱼

旧制，借绯、借紫皆不佩鱼。王诏为刑部侍郎，上奏云："与胥吏无别，非所以示观瞻。乞与赐服人同佩鱼。"从之。然既许其佩鱼袋，则当改其衔为借紫金鱼袋、借绯鱼袋，今尚仍旧衔，此有司失于申明也。诏，化基之孙，举元之子，终工部尚书，享年七十九。

盗赏不改官

旧制，县尉捕盗无改官者。乾德六年三月庚寅，诏："尉逐贼被伤，全火，赐绯；三分之二者，减三选，加三阶；五分之二者，减二选，加二阶；三分之一者，减一选，加一阶。县令获全火，升朝人，改服色。余如尉赏。身死者，录用的亲子弟。"又诏："捕寇立定日限，已罹限外之责而终能获贼者，与除其罚，不得书为劳绩。"赏罚非不重也，若遽令改官亲民，则过矣。

置司理参军

今之司理参军，五代之马步军都虞候判官也，以牙校为之。州镇专杀，而司狱事者轻视人命。太祖皇帝开宝六年七月壬子，诏州府并置司寇参军，以新及第《九经》、《五经》及选人资序相当者充。其后改为司理参军。

因阙官增进士额

国初,进士尚仍唐旧制,每岁多不过二三十人。太平兴国二年,太宗皇帝以郡县阙官颇多,放进士几五百人,比旧二十倍。正月己巳,宴新进士吕蒙正等于开宝寺,赐御制诗二首。故事,唱第之后,醵钱于曲江为闻喜之饮。近代于名园佛庙。至是,官为供帐,岁以为常。先是,进士参选方解褐衣绿。是岁锡宴后五日癸酉,诏赐新进士并诸科人绿袍、靴、笏。自后以唱第日赐之,惟赐袍、笏,不复赐靴。

堂 吏 用 士 人

世传堂吏旧用士人,吕夷简改用吏人,非也。太祖皇帝以堂吏擅中书事权,多为奸赃,开宝六年四月癸巳,诏流内铨于前任令、录、判、司、簿、尉,选谙练公事一十五人,补堂后官,三年一替,令、录除升朝官,余上县。五月庚辰,以姜寅亮、任能、夏德崇、孔崇煦为之。此太祖开基立国之宏规也。不特此尔,寇准为宰相,刑部、大理寺、三司法直副法直官,旧例以令史迁补,准悉用士人。景德二年三月,诏铨司选流内官一任三考无遗阙者,引对,试断案,授之。盖仰体太祖谨重堂后官之意而推广之也。然改制之初,不能一扫而清之,新旧杂用,士大夫耻与为伍。又三年,为任人无固志,旧吏长子孙为世业,一齐不胜众楚之咻。太祖皇帝美意,数传之后,寂然无闻,是可恨也!

进士试礼部给公券

远方寒士预乡荐,欲试礼部,假丐不可得,则宁寄举不试,良为可念。谨按,开宝二年十月丁亥,诏西川、山南、荆湖等道,所荐举人,并给来往公券,令枢密院定例施行。盖自初起程以至还乡,费皆给于公家。如是而挟商旅于关节,绳之以法,彼亦何辞?今不复闻举此法矣。

置递卒代递夫

前代邮置,皆役民为之。自兵农既分,军制大异于古,而邮亭役民如故。太祖即位之始,即革此弊。建隆二年五月,诏诸道州府,以军卒代百姓为递夫。其后特置递卒,优其廪给,遂为定制。

升节度使班

五季,武夫悍卒以军功进秩为节度使者,不可数计,而班在卿、监之下。太祖皇帝以节度使受禅,遂重其选,升其班于六曹侍郎之上。此建隆三年三月壬午诏书也。故恩数同执政官,而除拜锁院宣麻尤异焉,非宗室近属、外戚国婿年劳久次,不得为此官。此外,则殿帅而已;前宰执亦时有除拜者。崇宁以来,始有滥恩,其后宦者皆得为之,殊失太祖改制之本旨矣。

赐常参官时服

前代赐时服,惟将相、翰林学士至诸军大校而止。建隆三年,太祖皇帝谓宰相曰:“时服不赐百官,甚无谓也。宜并赐之。”乃以冬十月乙酉朔,赐文武常参官时服。自后遂为定制。

知州借绯紫

唐制,为刺史者并借绯。太平兴国二年二月戊戌,诏常参官、知、节、镇并借紫,防御、团练、刺史州借绯。候回日依旧服色。其服绯人,任诸州亦借紫,惟军垒则否。

定试衔官为七选

国初，假试官乃以恩泽补授，不理选限。太宗皇帝即位，牧伯皆遣子弟奉方物为贺，悉以试七选，吏部南曹赴调引对，始授以官。自后假试方得齿仕版矣。

置 参 知 政 事

太祖皇帝以赵普专权，欲置副贰以防察之，问陶穀以下丞相一等有何官。穀以参知政事、参知机务对。乾德二年四月乙丑，乃以薛居正、吕馀庆为参知政事，不押班，不知印，不升政事堂。曾不思唐朝宰相名色最多，若仆射，若内史，若纳言，若参预朝政，若同二、同三品，其为相则均也；而为同平章事，乃资历之最浅者，自天宝之乱，多以资浅者为之，而此名一定不易矣。穀以儒学见重于太祖，而不考前代典故如此，此官之设，几于宰相之属。其后至道元年四月戊子更制，令升政事堂，知印、押班，一同宰相，仍合班为一。其后为相者渐多，而参政之权渐轻，不得有所可否矣。

一品缀中书班

官制未改之前，凡宰执官自为一班，独出百官之上，虽前宰相以宫师致仕者，皆不得与宰执官齿。乾德元年，太祖因朝会，见太子师侯益等班次在下，乃以闰十二月丙子降诏："凡一品致仕曾带平章事者，朝会缀中书门下班。"自后礼绝百僚矣。

选 人 给 印 纸

先是，选人不给印纸，遇任满给公凭，到选以考功过，往往于已给之后，时有更易，不足取信。太平兴国二年正月壬申，诏曰："今后州府录曹、县令、簿、尉,吏部南曹并给印纸历子,外给公凭者罢之。"自此,奔竞巧求者不得以公凭营私更易改给矣。

藩镇属州直隶京师

唐末,藩镇诸州听命帅府,如臣之事君。虽或因朝命除授,而事无巨细,皆取决于帅,与朝廷几于相忘。太平兴国二年三月,右拾遗李翰极言其弊,太宗皇帝始诏藩镇诸州直隶京师,长吏自得奏事,而后天下大权尽归人主,潜消藩镇跋扈之心。今长吏初除替满奏事,自此始也。

常参官衣绯绿

旧制品官服绯、紫者,皆以品格,故选人久次多服绯、紫,京朝迁转之速者反多服绿。太平兴国六年十一月冬至郊祀赦文:"令常参官衣绯、绿,二十年,于吏部投状,具履历以闻。"始以实历。后以应格者少,改用莅事日为始,遂为定制。

革　带　之　制

旧制,中书舍人、谏议大夫权侍郎,并服黑带,佩金鱼。霍端友为中书舍人,奏事,徽宗皇帝顾其带,问云:"何以无别于庶官?"端友奏:"非金玉无用红鞓者。"乃诏四品从官改服红鞓、黑犀带,佩金鱼。今武臣大使臣以上红鞓,不知何所从始也。国初,士庶所服革带,未有定制,大抵贵者以金,贱者以银,富者尚侈,贫者尚俭。太平兴国七年正月壬寅,诏三品以上銙以玉,四品以金,五品、六品银銙金涂,七品以上并未常参官并内职武官以银。上所特赐,不拘此令。八品、九品以黑银,今世所谓药点乌银是也。流外官、工、商、士人、庶人以铁角二色。其金荔枝銙,非三品以上不许服,太宗特新此銙,其品式无传焉。其后。球文、笏头、御仙又出于太宗特制,以别贵贱。而荔枝反为御仙之次，虽非从官特赐，皆许服。初品京官特赐带者，即服紫矣。鞍辔之别，亦始于太宗时。太平兴国七年正月，诏常参官银装鞍、丝绦，六品以下不得闹装，仍不得用刺绣金皮饰鞯。未仕者乌漆素鞍。则是一命以上皆可以银装鞍也。近岁，惟郡太守犹存银装丝绦之制，此外无敢用者。若乌漆，则庶人通用，而鞍皮之巧无所不至，其用素鞍者鲜矣。

臣庶许服紫袍

国初仍唐旧制，有官者服皂袍，无官者白袍，庶人布袍，而紫惟施于朝服，非朝服而用紫者，有禁。然所谓紫者，乃赤紫。今所服紫，谓之黑紫，以为妖，其禁尤严。故太平兴国七年诏曰："中外官并贡举人或于绯、绿、白袍者，私自以紫于衣服者，禁之。止许白袍或皂袍。"至端拱二年，忽诏士庶皆许服紫，所在不得禁止。而黑紫之禁，则申严于仁宗之时。今虏中之服，乃是国初申严之制。此理所不可晓也。

僚属拜长官

太祖皇帝收藩镇之权，虽大藩府，不敢臣属其下，使之拜伏于庭；而为小官者，亦渐有陵慢其上之意。咸平五年五月壬戌，知开封府寇准极陈其不可，乃诏开封府左右军巡使、京官知司录、诸曹参军、知畿县见知府并庭参设拜。自后诸州选人并拜于庭，故老泉上书亦尝言之。不知此礼废于何时。

进士免解

进士旧无免解之条。咸平二年六月丙戌，诏贡举应三举人并免取解。若三举连中则是九年，三举不连中则有二三十年者，不若限以十八年之为均平也。若四举连中则亦罕有，不为滥矣。

远宦丁忧不解官

国初，士大夫往往久任，亦罕送迎，小官到罢，多芒屦策杖以行，妇女乘驴已为过矣。不幸丁忧解官，多流落不能归。咸平二年三月甲戌，诏川峡、广南、福建路官丁忧不得离任。圣主端居九重而思虑至此，则从宦远方者不至于畏惮而不敢往。祖宗仁厚之泽大抵如此。其后以川峡距京师不甚远，至景德二年三月，复听川峡官丁忧，惟长吏奏裁。

尉司不得置狱

尉职警盗，村乡争斗，惮经州县者多投尉司，尉司因此置狱，拷掠之苦，往往非法。咸平元年十月己丑，有诏申警，悉毁撤之，词诉悉归之县。盖后生初任，未历民事，轻于用刑，县令权轻不能制服，民受其殃。此令一行，至今无敢犯者。

吏铨主事用选人

铨曹吏人奸弊最甚，掌铨者虽聪明过人，皆不能出。真宗朝有以为言者，咸平三年十二月丁未，诏选判司簿尉充吏部流内铨南曹主事。所以重士大夫之选，其视待流外者，霄壤不侔矣。

卷二

定迁秩之制

国初,三岁郊祀,士大夫皆迁秩。真宗即位,孙何力陈其滥,乞罢迁秩之例,仍命有司考其殿最,临轩黜陟,咸平四年四月方颁行。自后士大夫循转颇艰。

礼闱禁怀挟

国初,进士科场尚宽,礼闱与州郡不异。景德二年七月甲戌,礼部贡院言:"举人除书案外,不许将茶厨、蜡烛等入;除官韵外,不得怀挟书策。犯者扶出,殿一举。"其申严诫是也。而元丰贡院之火,死者甚众,则是法不行也。

举人命题

又试场所问本经义疏,不过记出处而已。如吕申公试卷问:"子谓'子产有君子之道四焉',所谓四者何也?"答曰:"对'其行己也恭,其事上也敬,其养民也惠,其使民也义',谨对。"试卷不誊录,而考官批于界行之上,能记则曰"通",不记则曰"不"。十问之中四通,则合格矣。其误记者,亦只书曰"不"。而全不能记,答曰"对未审,谨对"。虽已弥封而兼采誉望,犹在观其字画可以占其为人,而士之应举者知勉于小学,亦所以诱人为善也。自誊录之法行,而字画之缪或假手于人者,肆行不忌,人才日益卑下矣。行卷之礼,人自激昂以求当路之知。其无文无行乡闾所不齿,亦不敢妄意于科举。使古意尚存,则如章子厚者,岂容其应进士举乎!

进士第一人给金吾前引

旧制,进士首选同唱第,人皆自备钱为鞍马费,而京师游手之民亦自以鞍马候于禁门外。虽号廷魁,与众无以异也。大中祥符八年二月戊申,诏:进士第一人,金吾司差七人导从,两节前引。始与同列特异矣。进士考试差官属之转运使,惟许本路差官。大中祥符八年二月乙卯,诏本路阙人即报邻路差。

纳 粟 补 官

纳粟补官,国初无。天禧元年四月,登州牟平县学究郑河出粟五千六百石赈饥,乞补弟巽。不从。晁迥、李维上言,乞特从之,以劝来者,丰稔即止。诏补三班借职。今承信郎。自后援巽例以请者,皆从之。然州县官不许接坐,止令庭参。熙宁元年八月,诏给将作监主簿、斋郎、助教牒,募民实粟于边。此古人募民实粟塞下遗意也。因记淳熙间,诏以旱故募出粟拯民,二千石补初品官,而龙舒一郡应格者数人,郡以姓名来上,孝宗皇帝疑而不与,仲父轩山先生力谏,以为失信于人,恐自后歉岁无应募者。孝宗亟从之。已而应募者众。

谪官不得荐举

旧制,朝臣、监司因事谪官,多为监当,虽在贬所,犹以前任举官。言者以为无以示贬抑之意。天禧元年五月壬戌,始制因罪监当,不得举官充知县,朝臣不得举本州幕职官。前朝贬谪虽重,叙用亦骤,未闻其黜免而置之闲地也。王安石一时私意,贻害无穷,罪不胜诛。国犹为其所误,而况士大夫乎!

增 百 官 俸

国初,士大夫俸入甚微,簿、尉月给三贯五百七十而已,县令不满十千,而三之二又复折支茶盐酒等所,人能几何?所幸物价甚廉,粗给妻孥,未至冻馁,然艰窘甚矣。景德三年五月丙辰,诏:"赤畿知县,已令择人,俸给宜优。自今两赤县,月支见钱二十五千,米麦共七斛。畿县七千户以上,朝官,二十千、六斛;京官,二十千、五斛。五千户以上,朝官,二十千、五斛;京官,十八千、四斛。三千户以上,朝官,十八千;京官,十五千、米麦四斛。三千户以下,京官,钱十二千、米麦三斛。"是时已为特异之恩。至四年九月壬申,诏曰:"并建庶官,以厘庶务,宜少丰于请给,以各励于廉隅。自今文武官月请折支,并给见钱六分,外任给四分。"而惠均覃四海矣。

贡 士 得 赎 罪

旧制,士人与编氓等。大中祥符五年二月,诏贡举人曾预省试,公罪听收赎,而所赎止于公罪徒。其后私罪杖亦许赎论。

复 置 封 驳 司

唐朝职掌,因五季之乱,遂至错乱,或废不举。给事中掌封驳,不可一日无。皇朝淳化四年,太宗皇帝推考废职始于唐末,乃命魏庠、柴成务同知给事中。未几,隶银台通进司为封驳司。真宗咸平四年七月,吏部侍郎、知封驳司陈恕乞铸印,命取门下印用之,因改其名为门下封驳司。

摄 太 祝 不 许 同 正 员

国初,五品以上任子有陈乞摄太祝者,虽班初品选人下,然不一二年,经营巧求,即同正员。是与侍从奏补无以异也。至道二年四月乙未,太宗皇帝深惩其弊,乃诏五品以上任子悉同学究出身,不许摄太祝。自后京选判然,巧求者无所容其奸。

伎术官不得拟常参官

应伎术官不得与士大夫齿,贱之也。至道二年正月,申严其禁,虽见任京朝,遇庆泽只加勋阶,不得拟常参官。此与书学、画学、算学、律学并列,于文武两学者异矣。

三班任广南免短使

王师初下广南,北人畏瘴疠,无敢往者,虽武臣亦惮之。后有武臣自广南替回,陈乞免短使者,铨部以闻。大中祥符八年七月辛亥,始诏三班使臣任广南差遣,替回并免短使。遂以为制。

金 银 价 钱

祖宗立国之初,崇尚俭素,金银为服用者鲜,士大夫罕以侈靡相胜。故公卿以清节为高,而金银之价甚贱。至东封西祀,天书降,天神现,而侈费寖广,公卿士大夫是则是效,而金银之价亦从而增。故大中祥符八年十一月乙巳,真宗皇帝览三司奏乏银支用,问辅臣曰:"咸平中银两八百,金两五千,今何增踊如此?"然不知是时其价若干也。盖上以为重,则下竞趋之。求之者多,则价不得不踊。咸平距祥符十数年间,世变已如此,况承平日久,侈费益甚,沿袭至于宣、政之间乎?是宜价日增而未已也。

沿江榷货务

国初,沿江置务收茶,名曰榷货务,给卖客旅如盐货然,人不以为便。淳化四年二月癸亥,诏废沿江八处,应茶商并许于出茶处市之。未几,有司恐课额有亏,复请于上。六月戊戌,诏复旧制。六飞南渡后,官不能运致茶货,而榷货务只卖茶引矣。

考 课 院 更 名

皇朝吏铨不曰尚书吏部,而曰考课院,其上著京朝官、幕职、州县官以别之。淳化四年二月丙戌,诏改考课京朝官院为审官院,考课幕职、州县官院为考课院,而总谓之流内铨云。

置登闻检鼓院

唐有理匦使,五代以来无闻。太宗皇帝淳化三年五月辛亥,诏置理检司,以钱若水领之。其后改曰登闻院,又置鼓于禁门外,以达下情,名曰鼓司。真宗景德四年五月戊申,诏改鼓司为登闻鼓院,登闻院为检院。应上书人并诣鼓院,如本院不行,则诣检院,以朝官判之。判院之名始于此。

置审刑院于禁中

大理寺奏案,刑部审覆,奏而行之。太宗皇帝虑刑部、大理寺吏舞文巧诋,特置审刑院于禁中,以李昌龄为之,中覆,下丞相必又以闻,始论决。淳化二年八月己卯诏行之。谨重人命如此。自官制改,并归刑部,不复有中覆矣。

复 百 官 次 对

唐百官入阁有待制次对官。德宗兴元中,日令常参官三两人奏事。后唐天成中,废待制次对官,五日一次内殿百官转对,长兴二年停。晋天福七年复。汉乾祐二年,陶縠奏罢之。淳化二年十一月丙申,太宗皇帝再复。旧制,诏百官次对,每日两次。

淳化贡举人数

诸州贡士,国初未有限制,来者日增。淳化三年正月丙午,太宗命诸道贡举人悉入对崇政殿,凡万七千三百人。时承平未久也,不知其后极盛之时,其数又几倍也。

严禁蒲博

世有恶少无赖之人,肆凶不逞,小则赌博,大则屠牛马、销铜钱,公行不忌。其输钱无以偿,则为穿窬;若党类颇多,则为劫盗纵火,行奸杀人。不防其微,必为大患。淳化二年闰二月己丑,诏:“相聚蒲博,开柜坊屠牛马驴狗以食,私销铜钱为器用,并令开封府严戒坊市捕之,犯者定行处斩,引匿不以闻与同罪。”所以塞祸乱之源,驱斯民纳之善也。其后刑名寖轻,而法不足以惩奸,犯之者众。尝怪近世士大夫苟官,视此三者为不急之务,知而不问者十常七八,因诉到官有不为受理者。是开盗贼之门也,毋乃不思之甚乎!

许封本生父母

皇朝以孝治天下,笃厚人伦。子之出继他位者,得封赠其本生父母,此前所未闻也。李昉为宰相,上言:“臣叔父超,故任工部郎中、集贤殿学士;叔母谢氏,故陈留郡君:是臣本生父母。臣不报罔极之恩,为名教罪人。今郊祀覃恩,望与追荣。”太宗皇帝嘉之,淳化四年二月乙丑,诏赠超为太子太师,谢氏郑国太夫人。然此犹因昉有请而从之也。至真宗天禧元年八月辛未,诏文武升朝官,父不在,无嫡母、继母者,许叙封本生父母。则四海之内,均沾宠惠,虽于古礼违悖,亦忠厚之至也。

为 出 母 服

士大夫之家，不幸出妻，为之子者，非其亲生，犹可不服；苟其所亲生，而视之恝然，则非人类矣。张永德父颖，先娶马氏，生永德，为颖所出。永德知邓州，于州廨作二堂，左继母刘氏居之，右马氏居之，不敢以出母加于继母。永德事二母如一人，无间言。时大臣母妻皆得入谒，刘氏存日，马不敢同入禁中。刘氏卒，马始得入谒。太宗劳问嘉叹，封莒国太夫人。此可为人子事出母之法。仁宗景祐三年九月，集贤校理郭稹乞为嫁母服，诏两制、御史、太常寺、礼院议。诏自今并许解官申心丧。

褒 前 贤 后

前代名贤之后累圣褒表最显著者，有四人：一曰狄梁公仁杰，二曰张曲江公九龄，三曰段太尉秀实，四曰郭汾阳王子仪。真宗景德三年正月丙戌，张公九世孙元吉诣阙，献明皇墨迹并张公写真告身，诏以为韶州文学。大中祥符四年八月丙辰，以段公孙亮为三班借职。仁宗天圣六年七月，张公九世孙锡，又以公告身并明皇批答来献，补试国子四门助教。庆历三年三月壬辰，诏以狄公孙华州明法狄国宾为本州助教。四年正月丙戌，以郭公裔孙元亨为永兴军助教。元丰五年四月，复以段公八世孙文酉为陇州助教，复其家。国家非靳一命于先贤也，谨惜名器，虽贤者犹尔，况褒用之乎！

禁 侈 靡

咸平、景德以后，粉饰太平，服用寖侈。不惟士大夫之家崇尚不已，市井闾里以华靡相胜，议者病之。大中祥符元年二月，诏："金箔、金银线、贴金、销金、间金、蹙金线，装贴什器土木玩之物，并行禁断。非命妇不得以金为首饰。许人纠告，并以违制论。寺观饰塑像者，赍金银并工价，就文思院换易。"四年六月，又诏："宫院、苑囿等，止用丹白装饰，不得用五彩。皇亲士庶之家，亦不得用春幡胜。除宣赐外，许用绫绢，不得用罗。诸般花用通草，不得用缣帛。"八年三月庚子，又诏：自中宫以下，衣服并不得以金为饰，应销金、贴金、缕金、间金、戗金、圈金、解金、剔金、拈金、陷金、明金、泥金、榜金、背金、影金、阑金、盘金、织金金线，皆不许造。然上之所好，终不可得而绝也。仁宗继统，以俭朴躬行，于庆历二年五月戊辰，申严其禁，上自宫掖，悉皆屏绝；臣庶之家，犯者必置于法。然议者犹有憾，以为有未至焉。自是而后，此意泯矣。

升应天府为南京

真宗皇帝东封西祀，思显先烈，大中祥符七年正月乙卯，诏升应天府为南京。建行宫，正殿以归德为名，以圣祖殿为鸿庆宫，奉太祖、太宗像，侍立于圣祖之旁。其后遂开高宗皇帝中兴之祥，殆非偶然者矣。

杀欺罔僧

僧徒奸狡，虽人主之前，敢为欺罔。江东有僧诣阙，乞修天台国清寺，且言如寺成，愿焚身以报。太宗从之，命中使卫绍钦督役，戒之曰：了事了来。绍钦即与俱往，不日告成。绍钦积薪如山，驱使入火，僧哀鸣，乞回阙下，面谢皇帝，而后自焚。绍钦怒，以叉叉入烈焰。僧宛转悲号而绝。归奏太宗曰："臣已了事。"太宗颔之。苟非就焚，太宗必以欺罔戮之于市矣。

禁民庶宫观寄褐

黄冠之教，始于汉张陵，故皆有妻孥，虽居宫观，而嫁娶生子，与俗人不异。奉其教而诵经，则曰道士；不奉其教不诵经，惟假其冠服，则曰寄褐,皆游惰无所业者,亦有凶岁无所给食,假寄褐之名,挈家以入者,大抵主首之亲故也。太祖皇帝深疾之。开宝五年闰二月戊午,诏曰:"末俗窃服冠裳,号为寄褐,杂居宫观者,一切禁断。道士不得畜养妻孥,已有家者,遣出外居止。今后不许私度,须本师、知观同诣长吏陈牒,给公凭,违者捕系抵罪。"自是,宫观不许停著妇女,亦无寄食者矣。而黄冠之兄弟父子孙侄犹依凭以居,不肯去也,名曰亲属。大中祥符二年二月庚子,真宗皇帝诏道士不得以亲属住宫观,犯者严惩之。自后,始与僧同其禁约矣。

国 忌 行 香

国忌行香,本非旧制。真宗皇帝大中祥符二年九月丁亥,诏曰:"宣祖昭武皇帝、昭宪皇后,自今忌前一日不坐,群臣进名奉慰,寺观行香,禁屠,废务。著于令。"自后太祖、太宗忌,亦援此例,累朝因之。今惟存行香而已,进名奉慰久已不有,亦不禁屠。双忌则休务,单忌亦不废务矣。

扬 州 彰 武 殿

太祖征李重进,还,以御营建寺,所御之榻存焉。后僧徒共建一殿,申严崇奉,名彰武殿,且请降御容,使民庶瞻仰。真宗皇帝命翰林画工图写严卫而往,仍赐供具。景德二年八月癸巳,命中使前往奉安,遇朔望,州郡率官僚朝礼。六飞南渡,荡为煨烬。后虽建殿,不复奏请御容,姑存遗迹而已。

兰 亭 天 章 寺

太宗皇帝命内侍裴愈与山阴县令李易直访王羲之兰亭旧迹。其流杯修禊处在越州,僧子谦因请建寺于旧地以藏御札。至道二年二月壬辰,诏从子谦之请,赐寺名"天章",仍以御书赐之。

东京相国寺

东京相国寺，乃瓦市也。僧房散处，而中庭两庑可容万人，凡商旅交易，皆萃其中；四方趋京师以货物求售转售他物者，必由于此。太宗皇帝至道二年，命重建三门，为楼其上，甚雄。宸墨亲填书金字额，曰"大相国寺"，五月壬寅赐之。

尼不得于僧寺受戒

僧寺戒坛，尼受戒混淆其中，因以为奸。太祖皇帝尤恶之。开宝五年二月丁丑，诏曰："僧尼无间，实紊教法。应尼合度者，只许于本寺起坛受戒，令尼大德主之。如违，重置其罪。许人告。"则是尼受戒不须入戒坛，各就其本寺也。近世僧戒堂中，公然招诱新尼受戒，其不至者，反诬以违法；尼亦不知法令本以禁僧也，亦信以为然。官司宜申明禁止之。

万寿观金银像

万寿观，本玉清昭应宫也。宫为火所焚，惟长生崇寿殿存。殿有三像：圣祖、真宗，各用金五千两余，昊天玉皇上帝，用银五千余两。仁宗天圣七年，诏玉清昭应宫更不复修，以殿为万寿观。盖明肃太后尚有修营之意，宰臣犹带使领。至是始去之，示不复修营也。

册宝法物用涂金

真宗皇帝朝，盛礼缛仪屡举，费金最多，金价因此顿长，人以为病。仁宗明道二年正月癸未，诏册宝法物凡用金者，并改用银，而以金涂之。自此，十省其九，至今惟宝用金，余皆金涂也。

卷三

无为军灾异祥瑞

太宗皇帝以海内混一，四方无虞，乃于江南置太平军，江北置无为军，取太平无为之义。太平后改为州。无为之建，在淳化四年十二月戊戌，至大中祥符二年，建军方十有六年，灾异变怪忽发。八月中，有青蛇，长数丈，出郡治；十六日，风雨，林木、城门、营垒尽坏，压死千余人，夜三鼓方止。九月乙亥，奏至，真宗皇帝亟命中使张景宣驰驿恤视，民坏屋者无出来年夏租，压死者家赐米一斛，无主及贫乏者官收瘗之；令长史就宫观精虔设醮为民祈福。是时，方尚祥瑞，宰相甚怒，加谴郡守，真宗不从。其后，守臣惩艾，于五年三月壬午奏甘露降桐树。七年七月庚寅，奏圣祖殿丛竹内获毛屦二，以为圣祖降。九年四月，奏瑞气覆巢湖，画图来上。皆奉承上意也。泊至皇祐三年，仁宗皇帝在位三十年矣，六月丁亥，守臣茹孝标奏城内小山生芝三百五十本，悉以上进，改名其山曰"紫芝山"。蕞尔一培堘，不应一时所产若是之多也，上怒曰："朕以丰年为瑞，贤臣为宝，草木虫鱼之异，乌足尚哉！茹孝标与免罪，戒州县自今无得以闻。"大哉王言，足以警臣子之进谀者矣！

凤凰麒麟见瑞

《虞书》载："箫韶九成，凤凰来仪。"三代以后无传焉，惟汉宣帝时尝见，史不载其形状如何。真宗景德元年五月七日午时，白州有凤凰三，自南入城，众禽周绕，至万岁寺前，栖高木上，身如龙，长九尺，高五尺，其文五色，冠如金盏，至申时飞向北去，遂不复见。州画图来上。是时，天下承平日久，可谓治世，宜其览德辉而下也。若麟，惟先圣识之。汉武获一角兽,当时以为麟,太史公不以为然也。太平兴国九年十月癸巳,岚州献兽一,角似鹿无班,角端有肉,性驯善。诏群臣参验,徐铉、滕中正、王佑等上奏曰:"麟也。"宰相宋琪等贺。

设 法 卖 酒

官榷酒酤,其来久矣。太宗皇帝深恐病民,淳化五年三月戊申,诏曰:"天下酒榷,先遣使者监管,宜募民掌之。减常课之十二,使其易办,吏勿复预。"盖民自鬻则取利轻,吉凶聚集,人易得酒,则有为生之乐,官无讥察警捕之劳,而课额一定,无敢违欠,公私两便。然所入无赢余,官吏所不便也。新法既行,悉归于公,上散青苗钱于设厅,而置酒肆于谯门,民持钱而出者,诱之使饮,十费其二三矣。又恐其不顾也,则命娼女坐肆作乐以蛊惑之。小民无知,争竞斗殴,官不能禁,则又差兵官列枷杖以弹压之,名曰"设法卖酒"。此"设法"之名所由始也。太宗之爱民,宁损上以益下。新法惟剥下奉上,而且诱民为恶,陷民于罪,岂为民父母之意乎?今官卖酒用妓乐如故,无复弹压之制,而"设法"之名不改,州县间无一肯厘正之者,何耶?

岁 限 度 僧 数

江南李主佞佛,度人为僧不可数计。太祖既下江南,重行沙汰,其数尚多。太宗乃为之禁,至道元年六月己丑,诏江南、两浙、福建等处诸州,僧三百人岁度一人,尼百人岁度一人。自昔岁度僧道惟试经,且因寺之大小立额,如进士应举然,虽奸猾多窜身其中,而庸蠢之甚者无所容。自朝廷立价鬻度牒,而仆厮下流皆得为之,不胜其滥矣。

州 长 吏 亲 决 徒 罪

州长吏不亲监决,中唐以来为然,遇引断,皆牙校监决于门外。

太宗恤刑,虑有冤滥,至道元年六月己亥,诏诸州长吏,凡决徒罪,并须亲临。因太常博士王杖有请也。今州郡杖罪,悉委职幕官,而徒罪必自监决,帅府则以徒罪委通判。圣朝谨严于用刑,盖以人命为重也。

丧葬不得用僧道

丧家命僧道诵经,设斋作醮作佛事,曰资冥福也。出葬用以导引,此何义耶? 至于铙钹,乃胡乐也,胡俗燕乐则击之,而可用于丧柩乎? 世俗无知,至用鼓吹作乐,又何忍也! 开宝三年十月甲午,诏开封府禁止士庶之家,丧葬不得用僧道威仪前引。太平兴国六年,又禁送葬不得用乐,庶人不得用方相魌头。今犯此禁者,所在皆是也。祖宗于移风易俗留意如此,惜乎州县间不能举行之也。

铁 钱 权 铜 钱

江南李唐旧用铁钱,盖因韩熙载建议,以铁钱六权铜钱四,然铜钱之价相去甚远,不可强也。江南末年,铁钱十仅直铜钱一。江南平,民间不肯行用,转运使樊若水请废之。太平兴国二年二月,诏官收民间铁钱,铸为农器,以给江北流民之归附者,于是江南铁钱尽矣。然川蜀、陕西用之如故。川蜀每铁钱一贯重二十五斤,铜钱一当十三,小民熔为器用,卖钱二千,于是官钱皆为小民盗销,不可禁止。大中祥符七年,知益州凌策请改铸,每贯重十二斤,铜钱一当十,民间无钚销之利,不复为矣。庆历初,知商州皮仲容议采洛南红崖、虢州青水铜,置阜民、朱阳二监铸大钱,一可当小钱三。以之当十,民间趋利,盗铸不已。至八年,张方平、宋祁议以为当更,乃诏改铜钱当十。先是,庆历元年十一月,诏江、饶、池三州铸铁钱一百万贯,助陕西经费,所积尤多,钱重民苦之。至是并罢铸铁钱,其患方息。

锁应不合格

旧制,命官锁厅应举,先于所属选官考试所业,方听取解至礼部。程文纰缪勒停,不合格者赎铜,永不得应举。中格,庭对,唱第日仍降甲。盖期待任子者甚厚,非比寒士也,虽欲假手,其可得乎?故当时由此涂出者,皆为文人。仁宗欲开诱进之路,天圣四年六月辛未,诏免举所业,下第人免责罚,仍许再应举。景祐元年,复诏锁厅人不合格除其罪,以试者尚少而申明之也。然自是任子心无所惮,虽实无才能者,亦求试矣。

罢张灯

国朝故事,三元张灯。太祖乾德五年正月甲辰,诏曰:"上元张灯,旧止三夜。今朝廷无事,区宇乂安。方当年谷之丰登,宜纵士民之行乐。其令开封府更放十七、十八两夜灯。"后遂为例。太宗淳化元年六月丙午,诏罢中元、下元张灯。官虽废之,而私家犹有私自张灯者。余曩仕山阳,中元、下元酒务张灯卖酒,岂北方遗俗犹有存者耶?

七夕改用七日

北俗,遇月三、七日不食酒肉,盖重道教之故,而七夕改用六日。太平兴国三年七月乙酉,诏曰:"七夕佳辰,近代多用六日。宜以七日为七夕,颁行天下。"盖方其改用六日之时,始于朝廷,故厘正之,自朝廷始。

二月献羔开冰

《月令》开冰献羔在仲春之月。五季之乱,讹舛至用四月。淳化三年三月己未,诏改正之。

朝辞宣旨戒饬

祖宗留意民事,丁宁戒饬,虽州县小官未尝少怠。太平兴国八年三月丁未,诏应京朝官受任于外,并州县、幕职官朝辞,并于阁门宣旨戒饬,以其词著之坐右。不知此制废于何时。苟州县小官亦蒙皇恩宠绥,决知自重,思所以称上意,不敢自暴自弃矣。惜无能举行之者也。

外官给告浣濯

承平时,阙多员少,士大夫注拟必求须次者以自便。盖王事鞅掌,久劳于外,乍还乡里,展扫坟墓,聚会亲族,料理生产作业,势使之然。甚而违年,绳以三尺,不能禁也。淳化二年正月己丑,诏京朝官釐务于外者,受诏后给假一月浣濯,所在州府以赴上日闻,违者有罪。其后进士既多,任子亦众,故东坡进策有"一官三人共之"之说,以为居者一人,去者一人,而伺之者又一人。莅官之日少,闲居之日长,而士大夫至于冒法,况今一官而五六人共之耶!

州县官秩满试法

雍熙三年九月癸未,诏知州、通判、幕职、州县官秩满至京师,于法书内试问,如全不知者,量加殿罚,所以关防检察癃老、昏缪、疾病之人也。今知州到阙,必须奏事,通判而下不复举行,殊失祖宗谨重州县、勤恤民瘼之意,岂非不才者多恶其害己而不欲举行之乎?

大 观 八 宝

汉天子印符曰玺,后世因其名不改。国初,御前之印,书诏之印,天子合同之印,其名不正。雍熙三年十月丙午,并改为"宝",别铸用之。皇祐五年,仁宗以奉宸库有美玉,广尺,厚半之,命制为"镇国神宝",宰臣庞籍篆文,刘沆书牌。哲宗元符元年,咸阳民段义献玉玺,云:"绍圣三年,河南乡修造家舍掘得之。"色绿如蓝,文曰"受命于天,既寿永昌",其背螭纽五盘。诏蔡京等议之,咸以为真秦玺也。诏仍旧为传国玺。徽宗大观元年,诏求美玉,制八宝以易六玺。十一月壬戌,诏曰:"永惟受命之符,宜有一代之制,而尚循秦旧六玺之用。自天申命,地不爱宝,获全玉于异域,得妙工于编氓。八宝既成,复无前比,可以来年正月朔日御大庆殿恭受八宝。"是举恩数特厚。政和七年九月辛巳,又制"定命宝","范围天地,幽赞神明,保合太和,万寿无疆"为文,广九寸,号九宝。二圣北狩,宝沦异域,高宗皇帝复制八宝,循大观旧规也。

仁宗诞日赐包子

大中祥符八年二月丁酉,值仁宗皇帝诞生之日,真宗皇帝喜甚,宰臣以下称贺,宫中出包子以赐臣下,其中皆金珠也。是年,仁宗方就学,天生圣人,得于梦兆,方五岁,圣质已异常人,故均福臣下者特异。

蠲纳绵出剩

真宗时,开封府洎京畿县受纳绵,多取出剩。讫事,悉掊其余,均赐官吏,而官吏无厌,愈更多取,岁增不已。景德三年六月壬辰,诏悉蠲之,官吏所赐以官钱给其直。

有荫人不得为吏

国初,吏人皆士大夫子弟不能自立者,忍耻为之,犯罪许用荫赎,吏有所恃,敢于为奸。天圣七年三月乙丑,三司吏毋士安犯罪,用祖令孙荫,诏特决之;仍诏今后吏人犯罪,并不用荫。又诏吏人投募,责状在身无荫赎,方听人役。苟吏可用荫,则是仕宦不如为吏也,诱不肖子弟为恶,莫此为甚! 禁之诚急务,不可缓也。

关 升 次 序

旧制,京朝官实历知县三任入同判,同判实历三任入知州。天圣六年七月己亥,诏自今任内有五人同罪,奏举减一任。同判后改为通判,至今因之。各以两任四考关升。

审视差知州军

审官院定差知州、军,并以资历,不容超越。资历当得,不容不与。天圣七年九月辛巳,诏审官院定差,并申中书,引上审视,若懦庸老疾不任事者罢之。今都堂审察,其遗意也。

奏 荐 以 服 属

国初,奏荐之制甚宽,不拘服属远近。天圣四年,始诏臣僚奏荐子弟须言服纪,不许奏无服之亲,冒奏者不以赦原。其后,又以服属之亲疏为奏官之高下,可谓良法。

进奉人等第推恩

乾兴元年,仁宗皇帝登宝位,八月,令学士院试诸州进奉贺登位人:曾举进士,试大理评事;曾举诸科,试秘书省正字;余试校书郎;不愿试人,太庙斋郎:凡四等。试大理评事,元丰为假承事郎,今为通仕郎,出官从事郎。试秘书省正字,元丰为假承奉郎,今为登仕郎,出官迪功郎。太庙斋郎,元丰未改,今为将仕郎,出官亦迪功郎。其后例补将仕郎,惟宰执得登仕郎。

资　善　堂

大中祥符八年，仁宗封寿春郡王，以张士逊、崔遵度为友，讲学之所为资善堂。此资善之名所由始也。自后，元良就学所皆曰资善。

主家不得黥奴仆

五代诸侯跋扈，枉法杀人，主家得自杀其奴仆。太祖建国，首禁臣下不得专杀。至建隆三年三月己巳降诏，郡国断大辟，录案朱书格律断词、收禁月日、官典姓名以闻，取旨行之。自后，生杀之权出于上矣。然主家犹擅黥奴仆之面，以快其忿毒。真宗咸平六年五月，复诏士庶之家，奴仆有犯，不得黥面。盖重于戕人肌肤也。祖宗谨重用刑，苟可以施忠厚者，无所不用其至。如诏太岁三元圣节不决死罪，则淳化二年三月也；令众人自五月一日至八月一日免，则天圣四年四月辛未诏也。列圣相承，莫敢不遵。此所以祈天永命欤！

公使库不得私用

祖宗旧制，州郡公使库钱酒，专馈士大夫入京往来与之官、罢任旅费。所馈之厚薄，随其官品之高下、妻孥之多寡。此损有余补不足、周急不继富之意也。其讲睦邻之好，不过以酒相遗，彼此交易，复还公帑。苟私用之，则有刑矣。治平元年，知凤翔府陈希亮自首，曾以邻州公使酒私用，贬太常少卿，分司西京，乃申严其禁：公使酒相遗，不得私用，并入公帑。其后祖无择坐以公使酒三百小瓶遗亲，故自直学士摘授散官安置，况他物乎？故先世所历州郡，得邻郡酒，皆归之公帑，换易答之，一瓶不敢自饮也。

皇子不得为师傅

师、傅、保辅佐人主，其名甚重，非道尊德重不可以居也。师，导之教训；傅，傅其德义；保，保其身体。如周、召、毕公之于成王，可以当是名矣。汉之张禹、孔光，辱莫甚焉，邓禹其庶几乎？后世以为阶官而序进之，失其本旨矣。若皇子加官而冠以师、傅、保之称，此何义也？子虽贤，而可为父之师、傅、保乎？况有年方孩幼即加是官者，尤悖理矣！故英宗治平二年，御史中丞贾黯力陈其非，四月丙午，诏止加三公，太尉、司徒、司空是也。自此名正言顺，人无得而议。宣、政以后，至以师、傅、保加之宦竖，其悖理尤甚矣！

京朝官须入知县

选人改京朝官，惮于作县，多历闲慢，比折知县资序。熙宁十年二月戊子，诏选人磨勘改京朝官，须入知县，虽不拘常制，不得举辟。近世此禁寖弛，凡改官人，有出身任教授，无出身任签判，二考满，则赴部注破格通判矣。孝宗皇帝申严旧制，仍以三年为任，考第未足，或有过犯，不得注通判。至今遵行之。

加妇服舅姑丧

《礼经》女子出适，以父母三年之丧折而为二，舅姑、父母皆为期丧。太宗孝明皇后居昭宪太后之丧，齐衰三年。故乾德二年判大理寺尹拙、少卿薛允中等奏："三年之内，几筵尚存，夫居苦块之中，妇被绮罗之饰，夫妇齐体，哀乐不同，乞令舅姑之丧，妇从其夫，齐斩三年，于义为称。"十二月丁酉朔，诏从之。遂为定制。

卷四

改江南官服色

江南初下，李后主朝京师，其群臣随才任使，公卿将相多为小官，惟任州县官者仍旧。至于服色，例令服绿，不问官品高下，以示别于中国也。太宗淳化元年正月戊寅赦文："应诸路伪授官，先赐绯人止令服绿，今并许仍旧；其先衣紫人任常参官亦许仍旧。"遂得与王朝官齿矣。

报母仇免死

杨万顷杀张审素，审素二子瑝、琇为父复仇杀万顷，张九龄欲活之，李林甫必欲杀之，而二子竟伏大刑。盖九龄君子，喜人为善；林甫小人，嫉人为善：好恶不同故也。苟其父罪当死，子不当报仇；父死不以罪或非出上命，而为人所挤陷以死，可不报乎！审素之仇所当报也。太宗雍熙三年七月癸未，京兆府鄠县民甄婆儿，报母仇杀人，诏决杖遣之。惜乎瑝、琇之不遇圣时明主也！

报叔父母恩封赠

欧阳修少孤，其叔父教之学。既贵，乞以一官回赠以报其德。诏从之，乃自员外郎赠郎中。后世以为美谈。不知又有先于修者：王曾为参知政事，改葬叔太子中舍宗元、叔母严氏，自言幼孤，叔父母育之，诏赠宗元工部员外郎、严氏怀仁县太君。

驸马不得升行

李遵勖,本名勗,崇矩之孙,继昌之子,真宗朝尚长公主,御笔增为遵勖,升为崇矩之子,继昌之弟。自此为例,实乱人伦。治平四年二月,神宗皇帝手诏,述英宗治命,应公主出降,其夫不得升同父行。盖英宗久欲厘正,以病未果出命,故神宗以遗命行,可谓善述人之事矣。

禁　越　诉

士大夫治小民之狱者,纵小民妄诉,虽虚妄灼然,亦不及坐,甚而听其蓦越,几于搂揽生事矣。曾不思善良之民,畏官府如虎狼,甘受屈抑,不敢理雪;而奸猾之民,以恐胁把持为生,与吏囊橐,视官府如私家,肆行不忌,士大夫堕其计中,为其所困,殊不自觉,良可叹也。太祖皇帝乾德二年正月乙巳,诏应论诉人不得蓦越陈状,违者科罪。开基创业之初,首念及此,虑为善良害也。真宗咸平元年七月,诏所诉虚妄、好持人短长为乡里害者,再犯,徒;三犯,杖讫械送军头引见司。苟能举而行之,庶几妄诉者息矣。

卑幼期丧免妨试

旧制,期丧百日内妨试,尊卑长幼同。士人病之,多入京冒哀就同文试,洎中选被人论诉,不免坐罪。天禧四年二月壬申,翰林学士承旨晁迥上言:"诸州士人以期制妨试,奔凑京毂,请自今卑幼期服不妨取解。"诏从之。自后冒哀求试者寡矣。大凡人家尊长期丧,多年高者;卑幼期丧,多年幼者。免避卑幼,则妨试亦鲜。

创大宗正司

国初,宗室尚少,隶宗正寺。仁宗景祐三年,以宗室众多,特置大宗正司,以皇兄宁江军节度使允让知大宗正事。仍诏自今于祖宗后各择一人为之,尚贤而不以齿,纠正违失。凡宗室奏陈,先委详酌而后闻,不得专达。其后又以宗室出居外州,于西京置西外宗正司,南京置南外宗正司矣。

州县立义仓

今州县义仓米,始于仁宗时。始,集贤校理王琪尝于景祐中陈请,乞每正税二斗,别输一升,领于转运使,遇水旱赈给。有司会议,不同而止。庆历元年九月,琪申前议,上特诏行之。至新法行,又增作每一斗收一升,然水旱赈给,所赖为多。行之日久,官吏视为公家之物,遇赈给,靳惜特甚,殊失元立法之意。

增置台谏

仁宗重台谏之选。景祐元年四月癸丑,诏御史台置殿中侍御史、监察御史里行;又诏举三丞以上尝历知县人除御史里行。二年除御史,又二年除三司开封判官。自清要而历繁剧,选任既重,一时号称得人。明道元年七月辛卯,又以谏官无治所,乃以门下省充谏院,而别创门下省于右掖门之西。盖朝臣皆有入局之所,独谏院无之故也。

祖宗配天

真宗欲以太宗配天于南郊,而太祖之配不可改,乃奉太宗并配。仁宗郊天,又益以真宗,则是以三帝配一上帝矣。嘉祐七年,因杨畋力谏,乃定以太宗配之。今南郊又以祖宗并配矣。

堂吏不得为知州

祖宗重堂后官，更用士人，其叙迁至员外郎者，与外任。其后多不愿出，惟求子孙恩泽，遂以为例。仁宗嘉祐八年，中书奏："今后愿留人，虽许供职，其诸房提点并须择才，候职事修举方补。如不职，与堂除知州。"盖犹以士流之故优之也。新法既行，增置宰属，而士流不复为堂后官，因是脧削。旧制，堂后官外任止于通判，不得为知州。先是，皇祐三年四月，诏堂后官无得佩鱼，若士人选用而至提点五房，方许佩鱼，以示别也。今虽非士人选用，皆佩之矣。

衍圣公袭封

先圣后嗣，自先圣封文宣王，而袭爵者称文宣公。文宣，谥号也。谥号非子孙所可袭。仁宗至和二年三月，用太常博士祖无择议，改为衍圣公，盖取袭封之义。

妇人冠梳

旧制，妇人冠以漆纱为之，而加以饰，金银珠翠，采色装花，初无定制。仁宗时，宫中以白角改造冠并梳，冠之长至三尺，有等肩者，梳至一尺。议者以为妖，仁宗亦恶其侈。皇祐元年十月，诏禁中外不得以角为冠梳，冠广不得过一尺，长不得过四寸，梳长不得过四寸。终仁宗之世，无敢犯者。其后侈靡之风盛行，冠不特白角，又易以鱼鲃；梳不特白角，又易以象牙、玳瑁矣！

驸马都尉迁官

国朝武臣，正任十年一迁官。熙宁八年，特诏驸马都尉七年一迁官，仍著于令，非独示优，亦所以杜其非理干请也。元丰六年二月癸未,诏吏部七年磨勘,更不取旨。

置西京国子监

仁宗景祐元年四月癸酉,诏以河南府学为西京国子监,置分司官。其后南京、北京皆援为之。崇宁四年秋七月丙午朔,诏罢三京国子监官,各置司业一员,视京具体而微矣。

褒　封　先　贤

皇朝追褒先贤,皆有所因。仁宗景祐元年九月,诏封扁鹊为神应侯,以上疾愈,医者许希有请也。徽宗崇宁元年二月,封孔鲤泗水侯、孔伋沂水侯,崇先圣之嗣也。六月,封伯夷清惠侯、叔齐仁惠侯,重节义之风也。宣和元年五月甲申,封列御寇冲虚观妙真君、庄周微妙元通真君,尚虚无之教也。然仁宗因医者之请,姑勉从之。伯鱼、子思之封,以配享从例封也。伯夷、叔齐逊千乘之国,岂求身后虚名?庄、列物外人,何羡真君之号?不必封可也。

皮　场　庙

京师试于礼部者,皆祷于二相庙。二相者,子游、子夏也。子游为武城宰,子夏聘列国,不知何以得相之名也。今行都试礼部者,皆祷于皮场庙。皮场,即皮剥所也。建中靖国元年六月,传闻皮场土地主疡疾之不治者,诏封为灵贶侯。今庙在万寿宫之晨华馆,馆与贡院为邻,不知士人之祷始于何时,馆因何而置庙也。

宫　观　优　老

王安石创宫观,以处新法之异议者,非泛施士大夫也。其后,朝臣以罪出者,多差宫观。其初出令也,则曰优老。元丰元年二月辛亥,诏年六十听注差宫观,以三十月为任,无得过两任。其后不拘此令矣。

创 检 正 检 详

元丰初,诏检正官、检详官各四员为额,亦同都事、录事、承旨分房掌管,其品秩尚卑。政和更制,品秩甚高,各置一员通掌诸房,权任甚重。而所以擢用者不同:或出于人主亲擢,则宰执反惮之,所请不敢不从;出于宰臣进拟,则人主反疑之,因是品位不进。近世目宰属枢属官为旋窝,人不以为乐;其人主亲擢,则又跳出旋窝之号,颇恃以自矜矣。

枢 密 使 罢 不 草 制

枢密使拜罢,与宰臣恩数等。皇祐五年,高若讷为枢密使,罢政之时,仁宗恶其奸邪,特令舍人草词罢以示贬黜。其后,皆以前宰臣为之,皆带平章事,罢政宣麻如故;而自执政拜使者,罢政不复宣麻,踵若讷故事也。

淮 南 转 运 使

淮南转运使,旧有二员,皆在楚州。明道元年七月甲戌,诏徙一员于庐州。南渡以后,废江淮发运使,而治楚州者移治真州,治庐州者移治舒州。其后,又自舒州移治无为军矣。

改 假 版 官

太庙斋郎,后改为假将仕郎。政和六年十一月,诏:假版官行于衰乱之世,不可循用,改假承事郎为通仕郎,假承奉承务郎为登仕郎,改旧通仕郎为从政郎,旧登仕郎为修职郎,假将仕郎去假字。见任合改人并带假人，但改正称呼，更不给告敕。

增 置 贴 职

旧贴职，止于直秘阁、直龙图阁、右文殿修撰三等。政和六年九月，手诏：天下人才富盛，趋事赴功者众，不足以待多士。可增置直徽猷阁、直显谟阁、直宝文阁、直天章阁、秘阁修撰、集英殿修撰，凡九等。中兴以后，又增敷文、焕章、华文、宝谟、宝章五等矣。等级既多，迁转亦易，非旧比也。

改 判 院 官 名

今判部、判寺、判院、判监之称，乃官制未改以前实称。今加于实称之上，可谓重叠。昔有判刑部、判礼部、判兵部、判工部、惟户、吏二部无之，盖以流内铨、三司使易其名矣。官名既正，又加以判，甚无谓也。其他寺监亦然。至于登闻检鼓院、进奏院，旧称判。政和五年，言者谓官制之改，称判者悉除去，惟大宗政司以官尊者称判，其次为知，若六院不可复言判也。遂诏悉改为监。

改集贤修撰为右文

今之右文殿修撰，旧为集贤殿修撰。政和六年四月，奉御笔：集贤殿旧无此名，秘书省殿以右文殿为名，可改为右文殿修撰。

改宣德郎为宣教

今之宣教郎，即昔之宣德郎。政和四年九月，诏宣德郎与宣德门名相犯，可改为宣教郎，见任人不别给告，但改称呼。

端明述古殿学士

政和四年八月,诏改端明殿学士为延康殿学士,改枢密直学士为述古殿学士,恩数品秩并依旧。中兴以后,端明复旧,而述古与枢密直皆废矣。

武臣改阶官

大夫之称亚于卿,而郎官上应列宿,文臣以为阶官宜也。况其来自古,初非创意立名,故神宗正官名,远考古制,以大夫、郎易职事,旧称为寄禄官。若武臣横行、正副使之称,与承制、崇班、供奉、侍禁、奉职、借职、差使、借差,非名之不正也,政和乃悉易以大夫、郎之称,此岂被坚执锐、驰骤弓马者之所宜称乎? 横行以十二阶易十二阶犹之可也,正副使各十九阶并以八阶易之,无乃轻亵名器之甚乎! 昔之超转,犹作九资,则是副使四十五年可转不过四资,是减四十五年为十六年矣。祖宗多为武臣等级,责其边功,非有奇功殊勋,无因超越,故文臣正郎、员外各止于三转,而武臣正使、副使必各九转。圣君宏模,一旦坏于建议之臣,使良法美意扫地无遗。最甚者,称谓不顾义理所在。若文武官名一依元丰之制,则人无得而议矣。

权侍郎迁除

绍圣二年三月,监察御史常安民言:"乞考祖宗用人之制,修立权侍郎迁进法。"诏三省议之。章惇因奏:"乞自起居郎、舍人、侍御史带修撰除者,满三年取旨;自七寺卿、国子祭酒、太常少卿、秘书少监、直龙图阁除者,满二年取旨;除修撰与外任职事修举者,再留二年取旨;除正与外任除待制,即才能为众所推,绩效显著,朝廷特拔擢者,不拘此令。"诏从之。且天子侍从之臣,非有才能绩效而可冒居之乎? 信如其言,殆如铨部注拟常调计资历岁月者之为也。是时虽出此令,卒莫能行。章惇之意,盖欲假此令以扼异己之人,而不次超越者则曰人主特拔擢也。岂不愚哉!

殿 试 更 革

庆历二年,富弼乞罢殿试,止令诗书礼部奏名,次第唱名。盖以廷试惟用诗赋,士子多侥幸故也。王尧臣、梁适皆状元及第,以为讥己。正月辛巳,方从弼之请;癸未,遽从尧臣、适之请,复旧制。

功臣立戟置家庙

庆历元年十一月,郊祀赦文:"功臣不限品数,赐私门立戟。文武臣僚许立家庙。已赐门戟,给官地修建。"此循唐制也。故有兄弟同居而各置门以列戟者。想是时必有立戟之人,特近代此制不举,无能举旧事以言者,若家庙则终不能行。至皇祐二年十二月甲申朔,复颁三品以上家庙之制,从宋庠之请也。然一时议者欲令立庙之子孙袭其封爵,世降一等,自国公而至封男凡五世,而封爵之卑者仅一二世。或又疑袭封公爵,惟三恪、先圣之后有之,此制一行,数世之后必多;又子孙或初命卑官,不应袭公侯之爵。议终不决,竟尼不行,是不详考前代之制也。君子惜之。

禁臣僚陈乞科名

国朝自真宗时法令寖宽,臣僚或以恩泽及所转官为子孙乞赐科名,则召试而授之;或乞亲属升陟注超越差遣,自小官即为通判、知州;其降官、降差遣,亦援此陈乞叙复:大抵皆公卿大臣牵于人情而不可拒者,积日累月,不可数计。庆历四年正月丙戌,诏并禁止,不得陈乞。

敕 书 楼

今县邑门楼,皆曰敕书楼。淳化二年六月癸未,诏曰:"近降制敕,决遣颇多。或有厘革刑名,申明制度,多所散失,无以讲求,论报逾期,有伤和气。自今州府监县应所受诏敕,并藏敕书楼,咸著于籍,受代批书、印纸、历子,违者论罪。"则是敕书楼州县皆有之也。今州郡不闻有敕书楼矣。

四夷述职图

唐有《王会图》,皇朝亦有《四夷述职图》。大中祥符八年九月,直史馆张复上言:"乞纂朝贡诸国衣冠,画其形状,录其风俗,以备史官广记。"从之。是时外夷来朝者,惟有高丽、西夏、注辇、占城、三佛齐、蒙国、达靼、女真而已,不若唐之盛也。

进奏吏补官

国初,进奏官循五季旧例,假官至御史大夫。诸国既平,天下一统,诸州各置进奏官,专达京师,多至百数,混于皂隶,不复齿于衣冠之列。真宗大中祥符二年三月戊辰,诏诸州进奏官十年以上,补三班奉职。每遇郊祀,叙补五人。迄今为例。

种 放 别 墅

种放有别墅,在终南山,聚徒讲学,性嗜酒,种秫自酿,林泉之景颇为幽胜。真宗闻之,欲幸其家而不果。咸平六年,遣使画图以进。六月己未,召辅臣观于龙图阁,再三褒美。放父翊尝为吏部令史,出官为长安簿。放幼好学,长以古道自任,奉母隐居于终南山之豹林谷,自称退士,作《退士说》数千字。又号云溪醉叟。太宗朝,屡召不起。张齐贤荐其节行可厉风俗，真宗复遣中使召之，起为左司谏、谏议大夫、给事中。力请还山。从祀东封，拜工部侍郎。终身不娶。既卒，朝廷录其侄世雍为同学究出身。

禁士大夫避讳

唐人重于避讳。国初，此风尚在。刘温叟以父名岳，终身不听乐，部曲避监临家讳尤甚。太宗雍熙二年六月辛丑，诏："内外臣僚，三代名讳止可行于己。州县长吏，不得出家讳。新授官职有家讳者，除三省、御史台五品、文班四品、武班三品以上，许准敕上言，馀不在改请之限。"然法令明载，官称犯高曾祖父讳，冒居者有罪，则是与此诏相反也。岂非此诏既行之后，人无廉耻，习以成风，故又从而禁之耶？

诉水旱立限日

民间诉水旱，旧无限制，或秋而诉夏旱，或冬而诉秋旱。往往于收割之后，欺罔官吏，无从核实，拒之则不可，听之则难信。故太宗淳化二年正月丁酉，诏荆湖、江淮、二浙、四川、岭南管内州县诉水旱，夏以四月三十日，秋以八月三十日为限。自此遂为定制。

严奏辟之令

国初，州郡官属皆长吏自行奏辟。姓名未闻于朝，已先莅职，洎至命下，则已莅月日皆为考任，大抵皆其宗族亲戚也。太宗雍熙四年八月乙未，诏曰："诸处奏荐，多是亲党。既伤公道，徒启幸门。今后如有员阙处，当以状闻。"自后奏辟不敢私于亲戚，或犯此令者，人得而指摘之，稍知所畏忌矣。

乘 驿 给 银 牌

唐制,乘驿者给银牌。五代庶事草创,但枢密院给牒。太平兴国三年,李飞雄伪作牒,乘驿谋反,禽捕伏诛。六月戊午,诏复旧制,应乘驿者并给银牌。中兴以后,此制不复讲矣。

卷五

禁 服 黑 紫

仁宗时,有染工自南方来,以山矾叶烧灰,染紫以为黝献之,宦者洎诸王无不爱之,乃用为朝袍。乍见者皆骇观,士大夫虽慕之,不敢为也,而妇女有以为衫褫者。言者亟论之,以为奇邪之服,寖不可长。至和七年十月己丑,诏严为之禁,犯者罪之。中兴以后,驻跸南方,贵贱皆衣黝紫,反以赤紫为御爱紫,亦无敢以为衫袍者,独妇人以为衫褫尔。服紫始末,已见前卷。

初 立 别 头 试

真宗时,试进士初用糊名法,以革容私之弊。张士逊以监察御史为巡铺官,因白主司有亲戚在进士,明日当引试,愿出以避嫌。主司不听,士逊乃自言引去。真宗是之,遂诏:自今举人与试官有亲嫌者,移试别头。别试所自此始,且以御史为巡铺,决无容私矣。易以宦官,不知始于何年也。

武 举 更 革

唐设武举,以选将帅。五代以来,皆以军卒为将,此制久废。天圣七年,以西边用兵,将帅乏人,复置武举。至皇祐元年,边事寖息,遂废此科。治平元年九月丁卯,复置,迄于今不废。淳熙甲辰距治平,百二十载矣。仲父轩山公知贡举,武举林嶂、陶天麟等来拜谢,仲父问之曰:"朝廷设此科以择将帅,而公等不从军,何也?"答以不堪答棰之辱。仲父因奏孝宗皇帝,乞更旧制,申饬三衙、沿江军帅待以士礼。至淳熙十四年，事始施行，进士皆愿从军。至绍熙庚戌，仲父以知枢密院兼参知政事唱进士第，复奏光宗皇帝，命武举进士从军，不许军帅笞辱，大罪按奏，小罪罚俸。此令一出，皆愿从军，而军中无所容之。乃自三衙立同正员之额，以至江上诸军，每举以二十四员为额，七年为任。第一名同正将，第二名、第三名同副将，第四名以下同准备将，而第二十五名以下只注巡尉。自后，军帅亦仰承朝廷优恤之意，待遇之礼与统领官等，或令其兼同统领职事，遇出战多令守寨，必自愿亲行阵者始听之。并军中自统制以下，多是假摄，或以准备将而权统制者，每于文移、公牍、书札、榜子削其本职，为写权职而正，遇东班便自居通判之上，唯知凶暴陵驾士大夫，一闻钲鼓之声，则惴惴战栗。士大夫信其伪衔，不复与较。故以守阙进勇副尉为统制者，往往而是。若于武举中选愿亲行阵者，使久于其任而序进之，必趋事赴功矣。

吏 部 阙 榜

部吏卖阙之弊，自昔有之。皇祐中，赵及判流内铨，始置阙亭。凡有州郡申到阙，即时榜出，以防卖阙，立法非不善也。然部吏每遇申到，匿而不告。今州郡寄居，有丁忧事故数年不申到者，亦有申部数年而部中不曾改正榜示者，吏人公然评价，长贰、郎官为小官时皆尝由之，亦不暇问。太宗皇帝曰：幸门如鼠穴，不可塞也。岂不信哉！

定 宦 官 员 额

国初，宦者不过数十人。真宗时渐众，盖以遇郊恩，任子皆十数岁小儿，积累至多故也。皇祐五年闰七月戊戌，言者以为久弊当革，乃诏：自供奉官至行门，以百八十员为额，遇阙额方许奏补。至元祐二年二月，又诏：自供奉官至黄门，以百人为额。然流弊之久，终不能革，至宣、政间，动以千数矣。

中外官二年为任

仁宗朝,言者以士大夫不安职守,惟务奔竞,乞申严戒励。庆历八年五月丁卯,诏中外官满二年方许差替,其三年、三十月为任者仍旧。此诚良法也。中兴以来,职事官犹计资考,故有须次一两政者,至于三丞以上,至郎官卿监有三四年不迁者,故人无苟且之心。近年,满年不迁则为人指目,居其位亦恐惧求去,是不谙祖宗典故尔。

廷试不许上请

旧制,御试诗赋论,士人未免上请于殿陛之下,出题官临轩答之,往复纷纭,殊失尊严之体。景祐元年三月丙子,诏进士题具书史所出,御药院印给之,士人不许上请。自后,进士各伏其位,不敢复至殿庭。

臣僚赐谥

国朝待遇士大夫甚厚,皆前代所无。天圣五年,诏臣僚薨卒,当赐谥而本家不陈乞者,令有司举行。又兄弟同在朝者,令连状封赠。此推恩泉壤、泽及幽冥也。

优恤士大夫

九年十二月癸丑,诏流内铨,选人父母年八十以上,权听注近官。此教人以孝,且厚风俗也。康定元年六月壬子,诏臣僚之官罢任,所过山险去处,差军士防送,无过送迎人之半。此闵其道路羁旅,恐不得其所也。仁宗施恩于臣下者如此,可谓仁矣。先是,咸平六年,真宗诏命官迁谪岭南亡殁者,并许归葬,官给缗钱,如亲属年幼,差牙校部送至其家。盖其人虽犯罪,而其死则可闵,威以惩其罪,恩以恤其死。施于死者犹尔，况生者乎？施于有罪者犹尔，况无罪者乎？仁宗可谓能宏家法矣。

宗 室 廪 给

宗室年五岁，则官为廪给，此祖宗旧法也。皇祐二年，判太宗正事允让请自三岁廪给。仁宗以太过，三月甲辰，诏宗室三岁以上官为给食。今又复以五岁为限矣。

西 京 国 子 监

西京学校，旧为河南府学。景祐元年，诏改为西京国子监，以为优贤之所。

亲 民 官 监 商 税

商税之任，今付之初官小使臣或流外校尉、副尉，州郡县令亦鄙贱之。曾不思客旅往来，乡民入市，动遭竭泽，又复营私，掩为己有，害民有甚焉者。真宗景德二年三月癸未，诏商税三万贯以上，选亲民官监给，通判添支，所以重讥征之寄。近时理亲民资序为监当者，未之闻也，往往以为浼己不肯衮就矣。然朝廷以场务之寄，责之长贰、县令，知监当之难于其人也。故康定元年六月壬子，诏："天下州县课利场务，十分亏五厘以下，知、通、县令罚俸一月；一分以下，两月；二分降差遣。增二分，升陟差遣。"赏罚不及于监当，有深旨矣。

越州裘氏义门旌表

大中祥符四年十二月己未，越州言会稽县民裘承询同居十九世，家无异爨，诏旌表其门闾。屈指今二百三十六年矣，其号义门如故也。余尝至其村，故听事犹在，族人虽异居，同在一村中，世推一人为长,有事取决,则坐于听事。有竹算,亦世相授矣,族长欲挞有罪者,则用之。岁时会拜,同饮咸在,至今免役,不知十九世而下,今又几世也。余尝思之,裘氏力农,无为士大夫者,所以能久聚而不散。苟有骤贵超显之人,则有非族长所能令者,况贵贱殊涂,炎凉异趣,父兄虽守之,子孙亦将变之,义者将为不义矣。裘氏虽无显者,子孙世守其业,犹为大族,胜于乍盛乍衰者多矣。天之祐裘氏者,岂不厚乎!

词赋依平侧用韵

国初,进士词赋押韵,不拘平仄次序。太平兴国三年九月,始诏进士律赋平仄次第用韵,而考官所出官韵必用四平四仄。词赋自此整齐,读之铿锵可听矣。

司 天 监 转 官

司天监官自挈壶正转保章正,灵台郎直长、局丞至冬官正,仅五迁尔。旧制五年一转,或谓较之武臣泊医官则太优,欲增其等级。庆历五年六月乙卯朔,诏自保章正至五官正,十年一迁官。虽循转甚迟,然比承信郎转至武翼郎犹为优矣。

禁以柑遗朝贵

承平时,温州、鼎州、广州皆贡柑子,尚方多不过千,少或百数。其后州郡苞苴权要,负担者络绎,又以易腐,多其数以备拣择,重为人害。天圣六年四月庚戌,诏三州不得以贡余为名饷遗近臣,犯者有罚。然终不能禁也。今惟温有岁贡岁馈,鼎、广不复有之矣。

改伴饭指挥使名

五季日寻干戈,其于军卒,尤先激励。凡军头,非有战功,皆号伴饭指挥使。皇朝一统，边境无虞，伴饭者众，乃诏以处有罪者。凡为此职，人皆望而知其犯罪也。大中祥符二年二月，诏改军头伴饭指挥使为散指挥使。然自此人不复以为耻，而激励之权微矣。

并水路发运使

皇朝初下江南，置水路、陆路发运二使，运江南之粟以赡京师。其后，以陆路不便，悉从水路。雍熙四年四月己亥，诏合水路、陆路发运为一路，以王继昇掌之，董俨为同掌。自此迄于宣和不改。

进士期集所

国初，进士期集，以甲次高下率钱刊小录、事游燕。或富而名次卑，所出无几；或贫而名次高，至于假丐。熙宁六年三月庚申，诏赐进士及第钱三千缗，诸科七百缗，为期集费。一时歆艳，以为盛事。次举熙宁九年三月戊寅，练亨甫奏罢期集钱，止赐钱造小录，及第五百千，诸科二百千，而游燕之费复率钱为之。至元祐三年三月甲戌，诏复增进士钱百万、酒五百壶为期集费。相仍至今，定为千七百缗。而局中凡所率钱，皆以小录为名，而同年得与燕集者无几。又为职事者日叨饮食，所得小录、题名纸札装潢皆精致，不费一金。其不与职事者，出钱而所得绝不佳，不沾杯勺，无乃太不均乎！

东南驻扎十三将

元丰四年二月乙卯，诏东南团练诸军为十三将。盖太祖皇帝初下江南，虑人心未一，分禁旅以戍之，岁月寖久，与州郡之兵无别故也。淮东第一，淮西第二，浙西第三，浙东第四，江东第五，江西第六，湖北第七，湖南第八，全邵永第九，准备广州应援，福建第十，广东第十一，桂州今静江府。第十二，邕州第十三。廪给特厚，与禁卫比。若江上诸军，乃诸郡兵额，因勤王入援，失其土地，故以驻扎名之。其廪给与将兵不同,况州郡之兵乎?

出卖僧道度牒

僧道度牒,每岁试补刊印板,用纸摹印。新法既行,献议者立价出卖,每牒一纸,为价百三十千,然犹岁立为定额,不得过数。熙宁元年七月,始出卖于民间,初岁不过三四千人。至元丰六年,限以万数,而夔州转运司增价至三百千,以次减为百九十千。建中靖国元年,增至二百二十千。大观四年,岁卖三万余纸,新旧积压,民间折价至九十千。朝廷病其滥,住卖三年,仍追在京民间者毁抹,诸路民间闻之,一时争折价急售,至二十千一纸,而富家停榻,渐增至百余贯。有司以闻,遂诏已降度牒,量增价直,别给公据,以俟书填。六年,又诏改用绫纸,依将仕郎、校尉例。宣和七年,以天下僧道逾百万数,遂诏住给五年。继更兵火,废格不行。南渡以后,再立新法,度牒自六十千增至百千。淳熙初,增至三百千,又增为五百千,又增为七百千。然朝廷谨重爱惜,不轻出卖,往往持钱入行都,多方经营而后得之。后又著为停榻之令,许容人增百千兴贩,又增作八百千。近岁给降转多,州郡至减价以求售矣。

放 官 司 房 钱

至和元年二月乙未,因大雨雪,诏天下长吏详酌公私房钱,与放三日,非遇大雨雪,不许蠲放,仍每岁不得过三次。是时天下承平百余年矣,仁宗皇帝凝神穆清,而念虑及于细微,真圣主也。

太 学 辟 雍

国初,凡事草创,学校教养未甚加意。皇祐三年七月壬子,诏太学生旧制二百人,如不足,止百人为限。其简如此。元丰二年十二月乙巳,神宗始命毕仲衍、蔡京、范镗、张璪详定,于太学创八十斋,三十人为额，通计二千四百人。内上舍生百人，内舍生三百人，外舍生二千人。崇宁元年，徽宗创立辟雍增生徒共三千八百人。内上舍生二百人，内舍生六百人，教养于太学；外舍生三千人，教养于辟雍。废太学自讼斋，太学之不率教者，移之辟雍。以祭酒总治两学，辟雍别置司业、丞各一人，博士十人，正、录各五人，分为百斋，讲堂凡四所。其后王黼反蔡京之政，奏废之，而辟雍之士，太学无所容矣。

诸 路 帅 臣

自江南既平，两浙、福建纳土之后，诸州直隶京师，无复藩府。惟河北、河东、陕西以捍御西北二虏，帅臣之权特重，其他诸路，责任监司按察而已。嘉祐四年五月丁巳，始诏杨、庐、江宁、洪、潭、越、福七路兼本路军马钤辖，各置禁军驻泊三指挥，越、福二指挥，以威果为额，每指挥四百人，各路兵马都监二员，越、福一员。其后二广经略、京东西路安抚、江东西路安抚，皆因事令守臣兼领而加以钤辖之名，以至两浙、四川皆以调发之故，后又改钤辖为总管，而四川至今仍旧名。开端于嘉祐之时，而定制于中兴之后。然帅臣大抵权轻，当缓急之时，罕能成功；承平无事，惟事教阅而已。矧自勤王诸将分为驻扎，州郡之额阙不复补，名存实亡。然人存政举，苟择人而用之，仍委以久任，庶几缓急有所恃也。

殿试士人不黜落

旧制，殿试皆有黜落，临时取旨，或三人取一，或二人取一，或三人取二，故有累经省试取中、屡摈弃于殿试者。故张元以积忿降元昊，大为中国之患，朝廷始囚其家属，未几复纵之。于是群臣建议，归咎于殿试黜落。嘉祐二年三月辛巳，诏进士与殿试者皆不黜落，迄今不改。是一叛逆之贼子，为天下后世士子无穷之利也！

选 人 改 官

通判举人改官与太守同，自提举常平使者列于监司，诸路顿增员数。熙宁元年十二月，始诏通判不得举人改京官。元丰初，诏改官人五日引一甲，一甲三人，岁以百四十人为额。至元祐元年四月，罢诸路提举常平，再命通判岁终举改官一人，或县令一人间举。十二月以改官员多，吏部侍郎孙觉请岁以百人为额，从之。绍圣三年，吏部乞以每甲五人，引见不拘数，则是岁有三百余员也。中兴以来，改官人数绝少，岁不过数十人，虽令选人举官，逐员放散，数亦不增。至绍熙初，号为顿增，亦仅三十余员。庆元以后，岁有溢额，盖孤寒路绝，得举官五员俱足，而不得者多不破白，势使然也。

进 纳 人 改 官

纳粟补官，始以拯饥，后以募民实粟于边。自王安石开边，国用不足，而致粟于边颇艰，应募者寡。元祐二年八月，诏进纳人许其改官，历四任十考，增举主二员、职司二、常员五，自此人乐于应募。此法虽明，未闻有改秩者，或谓中兴以后有一人官至太守，忘其姓名。

举 县 令

旧制，监司、太守举京官有定数，县令初不限员数。皇祐二年五月庚午，京西提点刑狱张易举十六人县令，乃诏河北、陕西漕举十二员、宪六员，河东、京东西、淮南漕十员、宪五员，两浙、江东西、福建、湖南北、广东西、益、利、梓路漕宪各四员，夔路漕四员、宪二员，六路制置发运使、副六员，开封府诸州军各一员。然立法之初，举县令，有出身三考，无出身四考，有举主二人移注近县令，任满无赃私，升幕职，再任知县，再任满引对改京官。则是受举之后，历知县两任六考改官。此天圣七年闰二月甲辰诏书也。至熙宁四年，诏再任知县县令人,须有安抚、转运、提刑、知州、通判奏举五员,方许再任,内有职司二人者亦听。此乃就任改官也。政和间,又以州县增官员,复增举员。中兴以来,一循前例,然亦时有增损。

特恩转官不隔磨勘

旧制,特迁官者,其理磨勘并自受告日为始,故有垂当磨勘,忽拜特恩,前功俱废。熙宁六年八月丙申,诏文武臣僚特迁官者,不隔磨勘,施恩甚均,人蒙实惠。至今仍之。

入递发书

景祐三年五月,诏中外臣僚许以家书附递。明告中外,下进奏院依应施行。盖臣子远宦,孰无坟墓宗族亲戚之念? 其能专人驰书,必达官贵人而后可。此制一颁,则小官下位受赐者多。今所在士大夫私书多入递者,循旧制也。

经义词赋两科

国朝因唐制取士,只用词赋,其解释诸经者,名曰"明经",不得与进士齿。王安石罢去词赋,惟以经义取士。元祐元年十一月,立经义、词赋两科,用侍御史刘挚之言也。

致仕推恩

国初,致仕以旌表士大夫之恬退者,非如后世已死伪为之也。真宗时,主客郎中谢泌言:致仕官如清名为众所推,粗有劳效,方可听其纳禄。咸平五年五月丙戌,诏年七十退者,许致仕;如因疾或历任有赃犯者,不在此限。大中祥符九年正月,诏乞致仕者,审官院具历任有无赃犯检勘,吏部申上取旨。仁宗天圣四年,始诏郎中以上致仕，与一子官。明道元年二月甲子，又诏员外郎以上致仕者，录其子为秘书省校书郎，三丞以上为太庙斋郎。二年正月庚寅，又诏三丞以上致仕，无子，听官嫡孙若弟侄一人，降一等。凡此者，皆以利诱之也。景祐三年六月甲戌，侍御史司马池上言：文武官年七十，令自陈致仕，依旧敕与一官，如分司给全俸，违者御史台纠察，特令致仕，更不与子官及全俸。诏榜朝堂。皇祐三年二月戊子，又诏文武官年老无子孙，奏期亲一人。至和元年十二月庚子，又诏文武官年七十以上未致仕，更不考课迁官，有功于国，有惠于民，勿拘。嘉祐三年十二月辛未，又诏年七十，居官犯事未致仕，更不推恩子孙。凡此者，皆以法绳之也。庆历二年六月壬申朔，御史中丞贾昌朝上言，臣僚年七十筋力衰者，优与改官致仕。诏从之。此以赏劝之也。况法初行，须受命之后陈乞恩泽，病者尚不许，岂容已死伪为？其后又限以受命后身故者方许陈乞恩泽，后又但以陈乞后身故者放行，而诈伪者公行不忌矣。今士大夫解官持服，批书丁忧月日，或与其父致仕月日自相抵牾，有司未尝诘也。至徽宗朝，始放行员外致仕恩泽。政和二年，张克公乞依武官副使非降黜中身亡者，听荫补。从之。详考前后诏令，肇端于真宗之朝，而详密于仁宗之朝，待之甚厚，防之甚严，责之甚备。然上劳圣训丁宁，至于六七而不已，亦可见风俗之日趋于薄，而士大夫能守知足之戒者鲜矣。

置 朝 集 院

真宗以朝官注拟于堂，贫者留滞逆旅，无以为资，乃置朝集院于朱雀门外。此咸平四年四月癸丑诏也。院既成，诏升朝官以上到阙，并馆于院中，官给公券，出入则乘马，开封府差兵士随直，惟可至庙堂省部铨曹官厅而已，虽欲出入市廛，不可得也。故升朝官以上造朝，则先匿于亲戚故旧之家，俟所干置悉备，方敢报阁门放见。盖阁门即日关报朝集院，开封府人马即至，迎入院中，虽不可出入，而同院中士大夫日夕游从，情如兄弟。或商榷文字，或彼此询问风土，或因而结交，互相推荐，其况味与栖栖逆旅者大不侔矣。景祐二年十月辛亥，诏复增置,以士大夫之来者日多故也。

京官不得拟知州通判

国初,擢用人才不问资序,有初补京官便除知州,或差通判,既不知仕涂之艰苦,小官往往遭其慢视;又且未历民事,不谙民间疾苦。淳化四年十月庚午,苏易简上言:初任京官,未历州县,不得拟知州、通判。诏从之。然惟施之常调尔,若人主特除,则又不在此例。吕公弼年十九,以水部员外郎即知庐州,正如易简所论,不以改制而止也。

墨 庄 漫 录

［宋］张邦基　撰

丁如明　校点

校 点 说 明

  《墨庄漫录》十卷，宋张邦基撰。邦基字子贤，淮海（今江苏高邮）人。从《墨庄漫录》考知，邦基约生活于南北宋之交，少年时曾在湖南居住，宣和中道出颍昌，建炎后居扬州，足迹至今河南、江苏、浙江、江西一带。其他生平不详。性善藏书，题所寓曰"墨庄"，《墨庄漫录》的得名由此。

  书中多记杂事，朝章国典、名人遗闻，论书、论文房四宝、掌故逸事，而尤留意于诗文词的评论及记载，较多地保存了一些重要的文学史资料，可供后人研究。除此之外，书中也有相当数量的志怪传奇篇章，多为释道仙佛故事，但作者本人并不信佛，曾有专条辩说。此外，书中还提供了一些当时小说作者的资料及小说版本情况，如魏泰作《碧云骃》事、王铚作《龙城录》事、《穆天子传》的版本流传情况等，向为治小说史者所珍视。

  《墨庄漫录》宋代书目未见著录，《百川书志》小说家类著录为五卷。今传《稗海》本及《四库全书》本均为十卷。此次整理即以四部丛刊收《稗海》本为底本，遇有讹脱，则径以《四库全书》本校补，概不出校，以副"笔记小说大观"体例云。

目　　录

卷一

　　仆以闻见虑其忘也，书藏其箧。归耕山间，遇力罢释耒耕垄上，与老农憩谈，非敢示诸好事也。其间是非毁誉，均无庸心焉。仆性喜藏书，随所寓榜曰"墨庄"，故题其首曰《墨庄漫录》。淮海张邦基子贤云。

　　范蜀公乞致仕，章四上，未允。第五章言臣所怀有可去者二：谓言青苗不见听，一可去；荐苏轼、孔文仲不见用，二可去。章既上，遂得请。

　　张宣徽安道守成都，眷籍娼陈凤仪。后数年，王懿敏仲仪出守蜀，安道祝仲仪，致书与之。仲仪至郡，呼凤仪曰："张尚书顷与汝留情乎？"凤仪泣下。仲仪曰："亦尝遗尺牍，今且存否？"曰："迨今蓄之。"仲仪云："尚书有信至汝，可尽索旧帖，吾欲观之，不可隐也。"遂悉取呈，韬于锦囊甚密。仲仪谓曰："尚书以刚劲立朝，少与多仇。汝毋以此黩公。"乃取书付凤仪，并囊尽焚之。后语安道，张甚感之。王、张姻家也。

　　东坡在杭州，一日游西湖，坐孤山竹阁，前临湖亭上。时二客皆有服，预焉。久之，湖心有一彩舟渐近亭前，靓妆数人。中有一人尤丽，方鼓筝，年且三十余，风韵娴雅，绰有态度。二客竞目送之。曲未终，翩然而逝。公戏作长短句云："凤凰山下雨初晴。水风清，晚霞明。一朵芙蓉，开过尚盈盈。何处飞来双白鹭，如有意，慕娉婷。　　忽闻江上弄哀筝。苦含情，遣谁听。烟敛云收，依约是湘灵。欲待曲终寻问取，人不见，数峰青。"

　　毗陵一士人姓常，为《蟹》诗云："水清讵免双螯黑，秋老难逃一背红。"盖讥朱勔父子。

　　范纯仁尧夫丞相薨，礼官谥曰"忠宣"。考功邓忠臣议曰："每思捐身而开策，常愿休兵而息民。只知扶危而济倾，宁恤跋前而疐后。"

又曰："谗言乱国,而明蔡確之无罪;奸党投石,而谓大防之可原。当众人莫敢言之时,在偏州无所用之地,义形正色,愤激至诚。非特救当世正人端士之织罗,直欲戒后世乱臣贼子之迷国。徇公忘己,为国惜贤。"又曰："父母之国,有时而去;股肱之义,于是或亏。放之江湖,忽如草芥。纫兰泽畔,更甚屈原之忠;占鵩坐隅,已分贾生之死。"又曰："侧席南望,而快浮云之蔽;趱节东归,而咏零雨之濛。"又曰："法座想见其风采,诏书相望于道涂。"云云。时论皆以为允当。崇宁初,追夺元谥,并定谥覆官并罚铜。二年六月,言者再论,忠臣得宫祠。

东坡作《儋耳山》诗云："突兀隘空虚,他山总不如。君看道旁石,尽是补天馀。"叔党云："石当作者,传写之误。一字不工,遂使全篇俱病。"

王荆公书清劲峭拔,飘飘不凡,世谓之横风疾雨。黄鲁直谓学王濛,米元章谓学杨凝式;以余观之,乃天然如此。

武帝建安二十年冬十月,始置名号,至五大夫与旧列侯关内侯凡六等,以赏军功。名号侯爵十八级,铜印龟纽墨绶;五大夫十五级,铜印环纽亦墨绶,皆不食租。此印决曹氏物也。表舅唐恣端仲见之,亦以予言为然,乃赋诗云："关中金印岂秦关,想见风流汉已还。大篆似书谯县石,兰亭宁数会稽山。空余此日归囊橐,曾是当年杂珮环。万户况将取如斗,此章何足系腰间。"后范左辖谦叔在方城,以书求借,舅氏不与也。前阙。

崇宁初,既立党籍,臣僚论元祐史官云:初,大臣挟其私忿,济以邪说,力引儇浮与其厚善布列史职。或毁诋先烈,或凿空造语以厚诬,若范祖禹、黄庭坚、张耒、秦观是也;或隐没盛德而不录,若曾肇是也;或含糊取容而不敢言,若陆佃是也:皆再谪降。时旧史已尽改矣。

王巩定国为太常博士,常从术士作轨革,画一堂庑,庭中有明珠一枚,旁置棋局。未几为御史朱光庭所抨,得补外。

东坡在海外,琼州士人姜公弼来从学。坡题其扇云："沧海何曾断地脉,白袍或作朱崖。端合破天荒。"公弼求足之。坡云："候汝登科,当为汝足。"后入广,被贡至京师。时坡已薨,乃谒黄门于许下,子由乃为足之云：“生长芸间已异芳，风流稷下古诸姜。适从琼管鱼龙窟，秀出羊城翰墨场。沧海何曾断地脉，白袍端合破天荒。锦衣他日千人看，始信东坡眼目长。”

国朝宗室例除环卫，裕陵始以非祖免补外官。继有登科者，然未有为侍从者。宣和五年，始除子崧徽猷阁待制，继而子浧亦除。八年，又除子栎，宗室为从官，自伯山始，然皆外任，未有任禁从者。绍兴三年，始除子昼侍郎。皆子字也，然其他字号未有也。十八年，始除不弃侍郎，不字任禁从，自德夫始。

“香泛钓筒萍雨夜，绿摇花坞柳风春”。舒亶信道诗也。信道清才，而诗刻削有如此者。又有云：“空外水光风动月，暗中花气雪藏梅。”又云：“宿雨阁云千嶂碧，野花弄日一村香。”又云：“万壑水澄知月白，千林霜重见松高。”皆警句也。

韩驹子苍诗云：“倦鹊绕枝翻冻影，征鸿摩月堕孤音。”诚佳句也，但太工矣。

浮休居士张芸叟久经迁责，既还，怏怏不平。尝内集，分题赋诗。其女得《蜡烛》，有云：“莫讶泪频滴，都缘心未灰。”浮休有惭色，自是无复躁进意。司马朴之室，浮休之女也。有诗在鄜延路上一寺中，一联云：“满目烟含芳草绿，倚栏露泣海棠红。”或云便是咏烛者。

绍圣初，逐元祐党人，禁中疏出，当责人姓名及广南州郡，以水土美恶系罪之轻重而贬窜焉。执政聚议，至刘安世器之时，蒋之奇颖叔云：“刘某平昔人推动极好。”章惇子厚以笔于昭州上点之云：“刘某命好，且去昭州试命一回。”

杜子美《玄都坛歌》云：“子规夜啼山竹裂，王母昼下云旗翻。”说者多不晓王母，或以为瑶池之金母也。中官陈彦和言：顷在宣和间掌禽苑，四方所贡珍禽不可殚举。蜀中贡一种鸟，状如燕，色绀翠，尾甚多而长。飞则尾开颤袅如两旗，名曰王母。则子美所言，乃此禽也。盖遐方异种，人罕识者。“子规夜啼山竹裂”，言其声清越如竹裂也。

鄱阳胡咏之朝散，生平好道。元符初，尝于信州弋阳县见一道人，青巾葛衣，神气特异。因揖而延之对饮。道人指取大白，满引无算,曰:"君有从军之行,去否?"胡竦然曰:"当去。"盖是时欲就熙河帅姚雄之辟也。道人曰:"西陲方用师,好去。"索纸书诗曰:"济世应须不世才,调羹重见用盐梅。种成白璧人何处,熟了黄粱梦未回。相府旧开延士阁,武夷新筑望仙台。青鸡唱彻函关晓,好卷游帏归去来。"授咏曰:"为我以此寄章相公。"且曰:"章相公好个人,又错了路迳也。"咏叩其说,但云未可立谈。咏问其姓名,亦不肯言,曰:"吾早晚亦游边,可以复相见。"夜艾,咏曰:"先生可就此寝。"曰:"吾归邸中,只在河下。"乃拂衣去。明日,遣人往诸邸寻问,皆云未尝有道人。因告县令,遍邑物色,竟无曾见者。咏至京师,见王副车诜,具告以此。欲持诗谒子厚,诜曰:"慎不可。上方以边事倚办相公,丞相得此,必坚请去。上必疑怪,诘其所以然,君且得罪。"咏以为然,径趋姚幕,从取青唐。暨还阙,则子厚已去矣。他日子厚北归,闻有此诗,就咏求之。其真本已为驸车奄有,乃録寄之。子厚见诗叹曰:"使吾早得此诗,去位久矣,岂复有今日之事乎?"方咏之在边日,尝至秦州天庆观,闻说吕先生在此月馀,近日方去矣。问何以知其为吕,道士云:"道人去时,适道众皆赴邻郡醮。道人顾小童曰:'吾且去,借笔书壁,候师归示之。'小童辞以观新修,师戒勿令题浣。乃曰:'烦贮火殿炉,吾欲礼三清而去。'既而行殿后,砌下有石池,水甚清泚。乃以爪画殿壁留诗云:'石池清水是吾心,漫被桃花倒影沉。一到邦山空阙内,消闲尘累七弦琴。'后题回字。众惊叹,以为必吕翁也。"壁甚高,其字非手可能及。邦山,即秦山也。咏思弋阳所遇,有游边之约,岂非即斯人欤。此说予闻江元一太初云。

宿州灵壁县张氏兰皋园一石甚奇,所谓小蓬莱也。苏子瞻爱之,题其上云:"东坡居士醉中观此,洒然而醒。"子瞻之意,盖取李德裕平泉庄有醒醉石,醉则踞之乃醒也。蒋颖叔过见之,复题云:"荆溪居士暑中观此,爽然而凉。"吴右司师礼安中为宿守,题其后云:"紫溪翁大暑醉中读二题,一笑而去。"张氏皆刻之。其石后归禁中。

姑苏士人家有玉蟾蜍一枚,皤腹中空,每焚香置炉边,烟尽归腹中,久之再冉复自蟾口喷出。亦异物也。

退之诗:"风能折黄箐,露亦染梨腮。"鲁直本亦作"风棱露液"。

又《与兴元宴集》诗云："庄漫华墨间。"墨当作黑。华梁黑水惟梁州；兴元，梁州也。

吴安中少年时为墐子诗云："行客往来浑望我，我于行客本无心。"喜为人书之。

李商隐《锦瑟》诗云："庄周晓梦迷蝴蝶，望帝春心托杜鹃。沧海月明珠有泪，蓝田日暖玉生烟。"人多不晓，《刘贡父诗话》云：锦瑟，令狐绹家青衣。亦莫能考。《瑟谱》有适、怨、清、和四曲名。四句盖形容四曲耳。

唐子西尝见桃李盛开，而梅尚存数枝，因作诗。时张无尽天觉被召，乃以诗投之云："桃花能红李能白，春来何处无颜色。不应尚存一枝梅，可是东君苦留客。向来开处当严冬，桃李未在交游中。只今已是丈人行，勿与少年争春风。"无尽大加称赏。

延安夫人苏氏，丞相子容妹，曾子宣内也，有词行于世。或以为东坡女弟适柳子玉者所作，非也。

崇宁三年，邦基伯父文简公宾老，自翰苑拜左丞，而伯父倪老后除内相。宣和八年，文粹中自翰苑拜右丞，而其季虚中除内相。皆兄弟相代于北扉，亦盛事也。

广陵先生逢原尝为《暑热思风》诗云："力卷雨来无岁旱，尽驱云去放天高。"客有传示王介甫，叹曰："有致君泽民之志，惜乎不振也。"

逢原一日与王平甫数人登蒋山，相与赋诗。而逢原先成，举数联。平甫未屈，至闻"仰跻苍厓颠，下视白日徂；夜半身在高，若骑箕尾居"，乃叹曰："此天上语，非我曹所及。"遂阁笔。

襄阳有一曹掾，不为郡将所礼，屡窘几殆。一日，掾被召，以诗上郡将而别之，有云："已觉目光在牛角，未信鞭长及马腹。"郡将虽喜赏而愈衔之。

蔡元度鲁公在位，锡赉无穷，而用度亦广。京师感慈寺修浮图，题三千缗。时有吴炼师者，丹阳人，辟谷修养，馆于西园庵中。后有隙地，吴劝令莳麦。既获，颇厌狼藉。公见之，题诗于庵曰："塔缘便舍三千贯，月俸无逾一万缗。却向西园课小麦，老来颠倒见愁人。"

胡师文元质侍郎利州，一日昼寝书室，蹶然而兴，呼吏问曰："适

有人投讼牒，自称吴伴姑。"吏曰无有。斯须复梦如初，既觉，复呼吏
曰："倅厅庖舍在何所，其户牖何向？"吏具白之。即命驾至彼，率倅同
观，指一隅命锸发之。不数尺得一妇人尸，倒植水中，衣履犹未败。
盖前倅子舍之婢，因捶死瘗于此，人莫知之。因命具棺衾，荐以佛事。
复梦妇人云："今免倒形，以就安宅，且将诉于阴府矣。"感激而去。高
邮人徐伯通与直时为馆客，亲见此事。

　　杜甫诗："东阁观梅动诗兴，还如何逊在扬州。"多不详逊在扬州
之说。以本传考之：但言逊天监中为尚书水部郎，南平王引为宾客，
掌书记室。荐之武帝，与吴均俱进幸。后稍失意，帝曰："吴均不均，
何逊不逊。"逊卒于庐陵王记室，亦不言在扬州也。及观逊有《梅花》
诗，见于《艺文类聚》《初学记》云："兔园标节物，惊时最是梅。御霜
当路发，映雪拟寒开。枝横却月观，花绕凌风台。朝洒长门泣，夕注
临邛杯。应知早凋落，故逐上春来。"余后见别本，逊，东海剡人，举本
州秀才。射策为当时之冠，历官奉朝请。时南平王殿下为中权将军
扬州刺史，望高右戚，实曰贤主，拥彗公庭，爱客接士。东阁一开，竞
收杨、马；左席皆启，争趋邹、枚。君以词艺早闻，故深亲礼，引为水
部，行参军事，仍掌文记室云云。乃知逊尝在扬州也。盖本传但言南
平引为记室，略去扬州尔。然东晋、宋、齐、梁、陈，皆以建业为扬州，
则逊之所在扬州，乃建业耳，非今之广陵也。隋以后始以广陵名州。

　　润州苏氏家书画甚多。书之绝异者有太宗《赐易简御书》、宋玉
《大言赋》、《并名真戒酒批答》、钟繇《贺吴灭关羽上文帝表》、王右军
《答会稽内史王述书》、《雪晴寄山阴张侯帖》、献之《秋风词》、梁萧子
云《节班固汉史》、唐褚遂良模本《兰亭》、李太白《天马歌》、贺知章《醉
中吟》、张长史《书逸人壁》、颜鲁公《进文殊碑赞》、李阳冰篆《新泉
铭》、永禅师《真草千文》、齐己题赠，并皆真迹。名画则顾凯之《雪霁
图》、《望五老峰图》、北齐《舞鹤图》、阎立本《醉士图》、吴道子《六甲
神》、薛稷《戏鹤》、陈闳《蕃马》、韩幹《御马》、戴嵩《牛图》、王维《卧披
图》、边鸾雀竹、李将军晓景屏风、李成山水、徐熙草虫、黄荃墨竹、居
宁翎毛、董羽龙水、刘道士鬼神、刁处士竹石、钟隐乳兔。物之尤异者
有明皇赐苏小许公四代相玉印、赞皇父子石研、石兔、竹拂、连理挂

杖、陈后主宫娃七宝束带、雷公斧、珊瑚笔架、玉连环，皆希世之宝。后皆散逸，或有归御府者，今不知流落何处。

荆公退居金陵，蒋山学佛者俗姓吴，日供洒扫，山下田家子也。一日风堕挂壁旧乌巾，吴举之复置于壁。公适见之，谓曰："乞汝归遗父。"数日，公问幞头安在，吴曰："父村老，无用，货于市中，尝卖得钱三百千供父，感相公之赐也。"公叹息之。因呼一仆同吴以元价往赎，且戒苟以转售，即不须访索。果以弊恶犹存，乃赎以归。公命取小刀，自于巾脚刮磨，粲然黄金也，盖禁中所赐者。乃复遗吴。吴后潦倒，竟不能祝发，以竹工居真州。政和丙申年，予尝令造竹器，亲说如此。时已年六十馀，贫窭之甚，亦命也。

吕温卿为浙漕，既起钱济明狱，又发廖明略事，二人皆废斥。复欲网罗参寥，未有以中之。会有僧与参寥有隙，言参寥度牒冒名。盖参寥本名昙潜，因子瞻改曰道潜。温卿索牒验之，信然。竟坐刑之归俗，编管兖州。未几，温卿亦为孙杰鼎臣发其赃滥系狱。人以为蔺人者，人必反蔺之。

孔雀毛著龙脑则相缀，禁中以翠尾作帚，每幸诸阁，掷龙脑以辟秽，过则以翠尾扫之皆聚，无有遗者。亦若磁石引针，琥珀拾芥，物类相感也。

中表钱渚子全，穆父之孙，蒙仲之子。三岁丧父，自少刻苦能立，好学有节操。何桌榜登科，即丁母艰，及第十余年，未尝到官。试中学官，除济南府教授。车驾驻跸扬州，有荐权国子博士者，始入局参谒长贰。方茶，疾作仆地，舆归，一夕而殂，竟无一日之禄，惜哉！命薄如此，可为奔求躁图之戒。

世传宗室中昔有昏谬，俗呼为泼撒太尉。一日坐宫门，见钉校者，亟呼之，命仆取弊履，令工以革护其首。工笑曰："非我技也。"公乃误曰："我谬也，误呼汝矣。适欲唤一锢漏俗呼骨路。者耳。"闻者大笑之。

王黼将明盛时，搜求四方瑰奇之物，以充玩好。有人以桃核半枚来献，中容米三四斗，其间题咏之字满矣。李之仪端叔题云："观此桃，则退之所谓'华山十丈莲'信有之矣。"今不知存否也。予尝观《洽闻记》云：吐谷浑桃如大石瓮，岂非此桃也耶？

卷二

蔡絛约之《西清诗话》云:"人之好恶,固自不同。杜子美在蜀作《闷》诗乃云:'卷帘惟白水,隐几亦青山。'若使予居此,应从王逸少语,吾当卒以乐死,岂复更有闷乎?"予以谓此时约之未契此语耳。人方忧愁亡聊,虽清歌妙舞满前,无适而非闷。子美居西川,一饭未尝亡君,其忧在王室,而又生理不具,与死为邻,其闷甚矣。故对青山青山闷,对白水白水闷,平时可爱乐之物,皆寓之为闷也。约之处富贵,所欠二物耳。其后窜斥,经历崎岖险阻,必悟此诗之为工也。

东坡赠黄照道人诗云:"面脸照人元自赤,眉毛覆眼见来乌。"《王立之诗话》云:"元自、见来,皆俚语也。"杜子美诗云:"镵石藤稍元自落,倚天松骨见来枯。"坡句法此。而谓之俚语,立之未之思耳。

建炎改元冬,予闲居扬州里庐,因阅《太平广记》。每过予兄子章家夜集,谈记中异事,以供笑语。时子章馆客天长解养直刚中,因言顷闻一异事云:元符末年,渭州潘原县民方耕田,有民自地间涌出,耕者见之惊悼,弃犁而走,则斥逐击之不得走。执耕者及县,县吏遇之,辄殴县吏,吏皆散走。见县令马敦古,又殴令,令亦走。俄而仆于庭,奄然一土偶人也。视之,则岁所尝奉土牛傍所谓勾芒神者。于是共舁出之。未几,复有至者,亦事皆同,日十数至,不能御。官吏皇恐,令不敢复视事。居若干日,有物人类蓬首,黑而矬肥,降令舍,莫知其所从来。令罔测。乃曰:"尔无庸恐,我为尔尽食芒儿矣,尔恭事我。"乃泛洒厅事之东室居之。凡十余人,其长者自称天神,其次曰王褒、李贵,其余有姓名;有妇人二,曰云英、月英。日谨伺候,供亿其饮食。尝阖户自窦中出入,有所须召,则其长者呼王褒、李贵。而令为置吏门外为传呼,事之甚严。自是土怪不至,民亦以其无他。用止怪,颇安焉,令尤德之。久之,提点刑狱程棠行县,问令所以。室中遽呼曰:"王褒为我传语提刑:适赠诗不省已得乎?"置吏以告。棠起立曰:"某适至此,已晚不敢见也。所赐诗者实未得。"吏去复至曰:"诗在提刑汗衫上。"祖视之,果然。乃不敢复语,相与遽起。先是,渭州都巡检侯恩老矣,其为人刚方不挠,好面折人,一州号为木强。自闻见怪,独心常易之。方棠巡按时,恩如州界,方奉迎,从至县,恩以职事从在县衙,独据胡床,坐厅事旁。俄有物自东隅来阶下,两手扳阶基,首与阶平,徐过恩坐。恩徒手搏得之,号掣不放,触其体若冰石,有力能反曳人。恩素有力,一手捽其领,掖左手著胡床从之,卒不放。至所谓怪室者,两足入户内,引恩手戛户颊,久乃放之。一县大惊,令尤恐,失举止,往来语曰:"都巡检败我事矣。"棠亦愈皇恐徘徊。夜中不闻有声,棠乃归宿于县驿。明旦,棠盛服至上谒,令洒扫设香案以俟,恩亦戎服待事。谒入不出,日高,稍稍摩户视,阒其无人。室中凝尘尺余,亦不见有人迹。令犹愕曰:"竟为都巡所误,祸至若何?"恩曰:"某以为除害,已去之矣,何祸为?"棠乃从令及恩共入视之,厅壁间得细书一行云:"侯公正直,予等谨退。"自后怪遂两绝。侯公者,开封人,字泽之。有子名传,为天长巡检,常为人言此曰:"某是时侍亲渭上,目所见也。"传又曰:"今天长尉贾坛时亦侍其父在焉。"解生闻此事于巡检,后贾尉亦能言之,又得程棠、王褒、李贵之姓名,不疑尚有缺者,皆幼不记也。异哉,异哉。

杜子美《秦州》诗云:"马骄珠汗落,胡舞白题斜。"题或作蹄,莫晓白题之语。《南史》:宋武帝时,有西北远边有滑国遣使入贡,莫知所出,裴子野云:"汉颍阴侯胡白题将一人。服虔注曰:'白题,胡名也。'又汉定远侯击虏入滑,此其后乎?"人服其博识。予常疑之。盖白题其胡下马拾之,始悟白题乃胡人为毡笠也。子美所谓"胡舞白题斜",胡人多为旋舞,笠之斜似乎谓此也。

周昕大夫居邓州,父中散卒数十年矣。一夕,昕妻梦中散如平生,谓曰:"我且为羊,今在某氏屠肆,五更即死,当速见赎,乌头者即我也。"觉而语昕,以为梦中语,勿信也。斯须复梦于昕。时以四更鼓,亟遣仆推门以至屠家,且问有乌头羊否。屠伯云:"适有一头。"仆曰:"幸勿杀,周宅欲售为厌胜之用。"乃倍直牵归。视昕有喜色,遂养之。每昕自外归,径趋怀中,得食。如是者数年,羊乃死。

王定国寄诗于东坡,答书云:"新诗篇篇皆奇,老拙此回真不及矣。穷人之具，辄欲交割与公。"魏道辅见而笑曰："定国亦难作交代，只是且权摄耳。"

　　仁宗尝问孝肃包公拯历代编户多少之数，公悉考以对：以谓三代虽盛，其户莫得而详。前汉元始二年人户千二百二十三万三千。后汉光武兵革之后，户四百二十七万六百三十；永寿三年，增至一千六十七万九百六十。三国鼎峙，版籍岁减，才百四十余万。晋武帝平吴之后，户二百四十五万九千八百。南北朝少者不盈百万，多者不过三倍，隋文帝大业二年，户八百九十万七千五百三十六。唐初，户不满二百万；高宗永徽元年，增至三百八十万；明皇天宝十三年，只及九百六万九千一百五十四；自安史之乱，乾元已后仅满一百二万；武宗会昌中增至四百九十五万五千一百五十一。降及五代，四方窃据，大约各有数十万。太祖建隆之初，有户九十六万七千三百五十三；开宝九年，渐加至三百九万五百四户；太宗至道二年，增至四百五十一万四千二百五十七；真宗天禧五年，又增至八百六十七万七千六百七十七。陛下御宇以来，天圣七年，户一千一十六万二千六百八十九；庆历二年，增至一千三十万七千六百四十；八年，又增至一千九十万四千四百三十四。拯以谓自三代以降，跨唐越汉，未有若今之盛者。拯又言蚩蚩之生聚蕃息衰耗，一出于时政之所关陶化，明主知其然也。必薄赋敛，宽力役，救荒歉，三者不失，然后幼有所养，老有所终，此乃陛下日慎一日，以致其盛，遂与之休养，则可封之俗，不只二帝之盛矣。宣和乙巳十二月四日，夜读公奏录节出。呜呼，盛德之语哉。

　　梓州织八丈阔幅绢献宫禁，前世织工所不能为也。

　　茄根并枝暴干，烧作灰为香煤，甚奇，能养火延夕。

　　予尝自制鼻观香，有一种萧洒风度，非闺帏间恼人破禅气味也。其法用水沉香一两屑之，取槟榔液渍之，过一日滤其液，降真香半两，以建茶斗品二钱七作浆，渍一日，以湿竹纸五七重包之，火煨少时，丁香一钱鲜极新者，不见火玄参二钱，鲜去尘埃密爇令香，真茅山黄连香一钱，白檀香三钱，麝半钱，婆律一钱，焰硝一字，俱为细末，浓煎皂角胶和作饼子，密器收之，烧暗极爝火。

　　题跋最为难事，惟东坡、山谷题徐熙画菜云："士大夫不可不知此味,不可使斯民有此色。”

唐来鹏有《观忾会夫人》诗云:“回眸绿水波初起,合掌白莲花未开。”嘉祐中,有王永年者,娶宗女,求举于窦卞、杨绘,得监金耀门书库。永年尝置酒延卞、绘,出其妻间坐。妻以左右手掬酒以饮,卞、绘谓之“白玉莲花盏”,可谓善体物者也,然意亦取鹏之诗云。

江南李后主,常于黄罗扇上书以赐宫人庆奴云:“风情渐老见春羞,到处消魂感旧游。多谢长条似相识,强垂烟态拂人头。”想见其风流也。扇至今传在贵人家。

洛中花工,宣和中以药壅培于白牡丹如玉千叶一百五玉楼春等根下,次年花作浅碧色,号欧家碧。岁贡禁府,价在姚黄上。尝赐近臣,外廷所未识也。

方亚夫几仲兴化军人,五至省闱皆不捷。尝梦廷试而无试卷,甚恶之。晚以八行举,诏免廷试,贾安宅榜唱名排入第一甲,以通直郎终。

崇宁中,初兴书画学,米芾元章方为太常博士,奉诏以黄庭小楷作《千文》以献,继以所藏法书名画来,上赐白金十八笏。是时禁中萃前代笔迹,号“宣和御览”,宸翰序之,诏丞相蔡京跋尾,芾亦被旨预观。已而出知无为军,复召为书学博士,便殿赐对,询逮移晷。因上其子友仁《楚山清晓图》。既退,赐御书画扇各二,遂除春官外郎,人以为荣。十八笏盖戏之耳。

宣和癸卯,平江朱勔采石太湖鼋山,得一石长四丈有奇,广得其半,玲珑嵌空,窍穴千百,非雕刻所能成也,并郡宅后池光亭台上白公桧,世传白乐天手植也。创造二大舟,费八千缗以献。时常、润间河渠浅涩,重载不前,乃先绘图以闻。宸翰赐石名“神运昭功敷庆万年之峰”,时人莫不目击。余时初至吴中,亦获一观,是秋方至京师,置于艮岳。

田衍、魏泰居襄阳,郡人畏其吻,谣曰:“襄阳二害,田衍、魏泰。”未几,李豸方叔亦来郡居,襄人憎之曰:“近日多磨,又添一豸。”

都尉王诜为王定国画《烟江叠嶂图》,东坡作诗所谓“江上愁心千叠山”者。定国死,其子由以画货与高邮富人茅生,以献章献,或云禁中。

喻陟明仲，睦州人，持节数部，政绩蔼著。雅善散隶，尤妙长笛，每行按至山水佳处，马上临风，快作数弄，殊风流萧散也。常有马上吹笛诗云，云云，寄张芸叟。和寄云："越客思归黯不平，闲持长笛写秦声。羡君气海如斯壮，博我词锋孰敢争。江上梅花开又落，陇头流水咽还惊。岂知不寐鳜鱼眼，独坐山堂对月明。"又手帖云："舜民已三请外，若得西道一局，再记旧德，便冀扫榻，更需洗水晶杯也。"水晶杯，明仲珍惜物，非佳客不出，故芸叟戏云。

寿春村农晚耕于野，每见青雀五枚翔集桑上，毛羽绀翠，天明即见，心颇异之。一日，偶拈石击之，正中其一□陨地，视之乃青铜雀，已折矣。因于其下劚之，不数尺得铜香炉，盖上一雀二足□而阙其一矣。后为方会给事家所得，工制简朴，亦无他异。

魏泰道辅自号临汉隐君，著《东轩杂录》、《续录》、《订误》、《诗话》等书。又有一书，讥评巨公伟人阙失，目曰《碧云骒》。取庄献明肃太后垂帘时，西域贡名马，颈有旋毛，文如碧云，以是不得入御闲之意。嫁其名曰都官员外郎梅尧臣撰。实非圣俞所著，乃泰作也。

襄邑义塘村出一种瓜，大者如拳，破之色如黛。味甘如蜜，余瓜莫及。顷岁贡之，以其子莳他处，即变而稍大，味亦减矣。

康节邵先生尧夫在洛中尝与司马温公论《易》数，推园中牡丹云："某日某时当毁。"是日温公命数客以观。日向午，花方秾盛，客颇疑之。斯须，两马相踶，绝衔断辔，自外突入，驰骤栏上，花果毁焉。尝言天下不可传此者司马君实、章子厚尔。而君实不肯学，子厚不可学也。临终焚其书不传，只以《皇极经世》行于世。

唐暨潜亨质，肃公犹子，余母之舅也。早退隐居襄阳，著《春秋政典》，以周官定臧否。邹志完为序。娶陈氏，蜀人，令德纯茂，尤工文章。大观中，先君为郡学官，代还时，以诗送别余母。一云："念别每惊魂，流年多病身。惟我延陵子，情真意更亲。分携无泪尽，望远起愁新。老眼将何暖，音书不厌频。"二云："雪意乱江云，江梅渐放春。雁归人去后，愁与岁华新。荣路君方振，园居我岂贫。惟余忧我念，相忆莫沾巾。"

宣和间,宫中重异香,广南笃耨、龙涎、亚悉、金颜、雪香、褐香、软香之类。笃耨有黑白二种,黑者每贡数十斤,白者止三斤,以瓠壶盛之,香性熏渍,破之可烧,号瓠香。白者每两价值八十千,黑者三十千。外廷得之,以为珍异也。又贡异物圆如龙眼实,色若绿葡萄,号猫儿眼睛。能息火,燃炭方炽,投之即灭。又云能解蛊毒之药。前世所纪异物多矣,未闻此种也。

荔枝皮不可烧,其香引尸虫。

瑞香花其香清婉,在余花上,窠株少见大者。襄阳唐表舅家一株,面阔一丈二三尺,婆娑如盖,下可坐胡床。赵岍季西知襄阳欲取之,竟不与也。兵火之后,不复存焉。岂归阆苑耶?李居仁大夫尝言:舒州山中深岩间,附石生一株,高二三丈,下可坐上客,不可移也。今浙中以丁香本接者,芬芳极短,不如天生者其香沤郁清烈也。不十年即瘦悴就槁矣。

顾临子敦为翰苑,每言赵广汉尹京有治声,使我为之不难,当出其上。子瞻戏曰:"君作尹须改姓。"顾曰:"何姓?"曰:"姓茅,唤作茅广汉。"

禹馀粮石,形似多怪,魂碨百出,或正类虾蟆,中空藏白粉,去其粉,可贮水作研滴。出鼎州祇阇山者多此类,他亦有之,然不及也。长老祖秀昙颖说。

黄鲁直谓荀中令喜焚香,故名缩砂汤曰荀令汤。朱云喜直言切谏,苦口逆耳,故名三棱汤曰朱云汤。

任梦臣任四川路提点刑狱,以廉节称,卧病不起,家四壁立。二女贤甚,赵清献公守成都,率僚属以俸助之。二女辞不受,力拒之云:"岂敢以此污先君之清德?"赵倅成伯笃意勉之,遂纳于公宇之东庑。既行,以元物若干榜于门壁,付之守御吏,无毫发所损。二女洁如此。文章议论,士夫所不逮也。后数年,清献皆以子侄妻之。

苏颂子容丞相,博学无所不通。熙宁十年,为大辽生辰国信使。在房中适遇冬至,时本朝历先北朝一日,北朝历后一日。北人问公孰是,公曰:"历家算术小异,迟速不同,谓如亥时,节气当交,则犹是今夕;若逾数刻,即属子时,为明日矣。历家布筹容有迟速,或先或后,故有一日之异,然各从本朝之历可也。"虏人深以为善,遂各以其日为节庆贺。使还，奏之，上喜曰："朕思之，此最难处，卿之所对，极中事理。"

近时传一书曰《龙城录》，云柳子厚所作。非也，乃王铚性之伪为之。其梅花鬼事，盖迁就东坡诗"月黑林间逢缟袂"及"月落参横"之句耳。又作《云仙散录》，尤为怪诞，殊误后之学者。又有李歊注杜甫诗及注东坡诗事，皆王性之一手，殊可骇笑，有识者当自知之。

黄寔师是弟宰方叔，坐上书讥讪事，下御史。时相欲置极典，中丞卢航彦济乞降元书看详。时禁中已焚其书，有旨令宰执台谏析其言，有云："蔡京奸邪，用之误国，童贯阉官，只可洒扫宫廷，不宜预庙谋密筹。"删去谤讪之语，遂得宽贷。时相犹忿欲置决，彦济复争之，乃流海岛。后数年，定武帅梁子美奏边事云："某事乞依黄寔知本州日申明。"徽宗忽顾左右曰："寔有弟，今在何处？"近臣奏先因上书得罪流海岛，即日内批与量移。后遇赦放还，获终于家。

张稚圭元老，荆公客也，为江东漕，摄金陵府事。严酷鲜恕，喜与方士游。门下尝数客，一日行郡圃，老卒项系念珠。公曰："汝诵经乎？"卒曰："数息尔。"公异之，呼至室内，问其所得，论养生吐纳内丹，皆造精微。又曰："运使平生殊错用心，酷虐用刑，非所以为子孙福，延方士皆非有道之士，此曹特觊公贿耳。"公曰："能传我乎？"卒曰："正欲授公，然须今夜半潜至某室当以传。"公初亦难之，不得已许焉。既归，与鱼轩刘议之。刘曰："不可。公以严毅，人素苦之，夜中独出，事有不测，奈何？"太夫人微闻之，潜锁其寝室，竟不得出。黎明视事，衙校报守圃卒是夜四更趺坐而化。公大怅惋，数月，感疾遂卒。

舒信道谪居四明，几二十年，独以诗为乐。尝得句云："春禽得意千般语，涧草无名百种香。"自喜之，既而曰："此联可入笺注，不可以示人。"遂改去不用之。

东坡先生知扬州，一夕，梦在山林间，忽见一虎来噬，公方惊怖，有一紫袍黄冠以袖障公，叱虎使去。明日有道士投谒曰："昨夜不惊畏否？"公曰："鼠子乃敢尔！本欲杖汝脊，吾岂不知子夜术耶？"道士骇惶而退。

予友人相访，指案间《荆公日录》曰："仆不喜阅此书。"予问其说。

客曰："凡称上曰某事如何，则言予曰不然；凡称某事予则曰如何，则言上曰极是。此尤可笑也。"

濠州州宅含桃阁下，因厮土得一石匣，始疑中藏金玉，开之得巨编数帙，乃陈留郑向所述《五代开皇纪》三十卷。乾兴元年，向以尚书屯田员外郎为郡守，瘗此书于阁下。中有铭曰："自朱矫命，终紫游位，二十四年，一十三帝，兴亡行事，鱼贯珠缀，瘗藁于斯，如地之利。"此书亦行于世。

山谷先生作《苏李画枯木道士赋》云："惧夫子之独立，而矢来无乡；乃作女萝施于木末，婆娑成阴，与世宴息。"而尝以矢来无乡问人，少有能说者。后因观《韩非子》有云："矢来有乡，乡，方也，有从来之方。则积铁以备一乡；谓聚铁于身以备一处，即甲之不全者。矢来无乡，则为铁室以尽备之。谓甲之全者，自首至足，无不有铁，故曰铁室。备之则体无伤，故彼以尽备之不伤，此以尽敌之无奸也。"言君亦当尽备于臣，皆所防疑，则奸绝也。山谷用事深远，此点化格也，不知者岂知其工云。

王逢原作《假山诗》云："鲸牙鲲鬣相摩捽，巨灵戏撮天凹突。旧山风老狂云根，重湖冻脱秋波骨。我来谓怪非得真，醉揭碧海瞰蛟窟。不然禹鼎魑魅形，神颠鬼胁相撑揆。"夏倪均父为予言此诗奇险，不蹈袭前人，韩退之所谓"惟陈言之是去"者，非笔力豪放不能为也。

范致虚谦叔与蔡元长相迁，久处闲散。宣和初，自唐州方城召还，提举宝箓宫。未几执政。时元长以五日一造朝，居西第，乃与谦叔释憾。一日，觞于西园，主礼勤渥。元长作诗见意云："一日趋朝四日闲，荒园薄酒愿交欢。三峰崛起无平地，二派争流有激湍。极目榛芜惟野蔓，忘忧鱼鸟自波澜。满船载得圭璋重，更掬珠玑洗眼看。"三峰二派虽皆园中景，盖有激而云。时罢政未久，王黼、灵素、师成辈方盛也。

扬州蜀冈上大明寺平山堂前，欧阳文忠公手植柳一株，谓之"欧公柳"。公词所谓"手种堂前杨柳，别来几度春风"者。薛嗣昌作守，相对亦种一株，自榜曰"薛公柳"，人莫不嗤之。嗣昌既去，为人伐之，不度德有如此者。

汉宫香方，郑康成注：沉水香二十四铢，著石蜜复汤鬻，铜铁辈皆病香。以指尝试，能饮甲则已。南海贾胡贵一种香木末，如蜜房，色泽正黄可减甲。以寒水炭四焙之，青木香十二之一，可酌损之。鸡舌香以其子勿以其母，青木香用二钱。合捣如糜，沉水得鬻蜜，烟黄而气郁。投初鬻蜜中，媒使相悦，闷以黄埑蜜隙培不津地薶之。一月中许出之，投龙脑六铢，麝损半，一炉注如荧子，薰郁郁略闻百步中人也。今太官加蜜鬻红螺如麝，外家效之以殊胜。此方魏泰道辅强记面疏以示洪炎玉父，意其失古语。其后相国寺庭中买得《古叶子书杂抄》，有此法，改正十馀字。又一贵人家见一编，号《古妆台记》，数字甚妙。予恐失之，因附于此。

予在扬州，一日，独游石塔寺，访一高僧，坐小室中。僧于骨董袋中取香如荧许炷之，觉香韵不凡，与诸香异，似道家婴香，而清烈过之。僧笑曰："此魏公香也。"韩魏公喜焚此香，乃传其法：用黑角沉半两，郁金香一钱一字，麸炒丁香一分，上等蜡茶一分，碾细，分作两处，麝香当门子一字，右先点一半，茶澄取清汁，研麝渍之，次屑三物入之，以余茶和半盏许，令众香蒸过，入磁器有油者，地窖窨一月。

荆公病革甚，吴夫人令蔡元度诣茅山谒刘混康问状。刘曰："公之病不可为已。适见道士数十人往迎公，前二人执幡，幡面有字若金书然，左曰'中函法性'，右曰'外习尘纷'。"元度自言如此。或者又云荆公临薨，颇有阴谴怪异之事，与此不同，未知孰是。

世传吕公得道之士，唐僖宗时进士，能作诗，传者仅百首，往往卖墨世间。毗陵士人姓邵，忘其名，善谈《易》。众请讲于佛舍，至《小畜》，有墨者，青巾布衣，褰帏直入。邵恶之，掩卷而问曰："何来？"曰："卖墨耳。适闻讲《易》至《小畜》，其说非是。"邵惊，遽揖之坐。墨者脱履置案上，取墨一丸曰："此墨价十千。"一坐皆笑。墨者纳履，取砚涤之，试墨置日影中，贮墨而出曰："抵暮复来，当知十千非贵也。"邵且笑且骇。少顷，视砚墨之所濡，彻底为黄金，与日影相耀。邵怅恨不已。必吕公也。

广陵牛氏公堂燕方育雏，而雌为猫所毙，雄啁唶久之，翻然而逝。少选一雌偕来，共哺其子。明日有雏坠地，至晚群雏毕死。取视之，满吭皆卷耳实，盖为雌所毒也。嗟乎，禽鸟嫉其前雏一至于此，而终不悟，悲夫！

卷三

　　明州士人陈生，失其名，不知何年间赴举京师。家贫，治行后时，乃于定海求附大贾之舟，欲航海至通州而西焉。时同行十余舟。一日，正在大洋，忽遇暴风，巨浪如山，舟失措。俄视前后舟覆溺相继也，独相寄之舟，人力健捷，张篷随风而去，欲葬鱼腹者屡矣。凡东行数日风方止，恍然迷津，不知涯涘，盖非常日所经行也。俄闻钟声舂容，指顾之际，见山川甚迩，乃急趋焉，果得浦溆，遂维碇近岸。陈生惊悸稍定，乃登岸，前有径路，因跬步而前。左右皆佳木荟蔚，珍禽鸣弄。行十里许，见一精舍，金碧明焕，榜曰"天宫之院"。遂瞻礼而入。长廊幽闲，寂无欢哗。堂上一老人据床而坐，庞眉鹤发，神观清臞，方若讲说。环侍左右皆白袍乌巾，约三百馀人，见客皆惊，问其行止。告以飘风之事。恻然悯之，授馆于一室，悬锦帐，乃馔客焉。器皿皆金玉，食饮精洁，蔬茹皆药苗，极甘美而不识名。老人自言我辈皆中原人，自唐末巢寇之乱，避地至此，不知今几甲子也。中原天子今谁氏，尚都长安否。陈生为言自李唐之后，更五代，凡五十余年，天下泰定。今皇帝赵氏，国号宋，都于汴，海内承平，兵革不用，如唐虞之世也。老人首肯叹嗟之，又命二弟子相与游处。因问二人此何所也，老人为谁，曰："我辈号处士，非神仙，皆人也。老人唐丞相裴休也。弟子凡三等，每等一百人，皆授学于先生者。"复引登山观览，崎岖而上，至于峻极，有一亭，榜曰"笑秦"，意以秦始皇遣徐福求三山神药为可笑也。二人遥指一峰，突兀干霄，峰顶积雪皓白，曰："此蓬莱岛也。山脚有蛟龙蟠绕，故异物畏之，莫可犯干也。"陈生留彼久之，一日西望，浩然有归思，口未言也。老人者微笑曰："尔乃怀家耶？尔以夙契，得践此地，岂易得也？而乃俗缘未尽，此别无复再来矣。然尔既得至此，吾当助尔舟楫，一至蓬莱，登览胜境而后去。"遂使具舟，俄已至山下。时夜已暝，晓见日轮晃曜，傍山而出。波声先腾沸，汹涌澎湃，声若雷霆，赤光勃郁，洞贯太虚。顷之天明，见重楼复阁，翬飞云外，迨非人力之所为。但不见有人居之，唯瑞雾葱茏而已。同来处士云："近世常有人迹至此，群仙厌之，故超然远引鸿濛之外矣。唯吕洞宾一岁两来，卧听松风耳。"乃复至老人所，陈生求归甚力。老人曰："当送尔归。"山中生人参甚大，多如人形，陈生欲乞数本，老人曰："此物为鬼神所护惜，持归经涉海洋，恐贻祸也。山中良金美玉，皆至宝也，任尔取之。"老人再三教告，皆修心养性为善远恶之事，仍云："世人慎勿卧而语言，为害甚大。"又云："《楞严经》乃诸佛心地之本，当循习之。"陈生再拜而辞。复令人导之登一舟，转眄之久，已至明州海次矣。时元祐间也。比至里门，则妻子已死矣。皇皇无所之，方悔其归，复欲求往，不可得也，遂为人言之。后病而狂，未几而死，惜哉！予在四明，见郡人有能言此事者。又闻舒信道常记之甚详，求其本不获，乃以所闻书之。

　　睦寇方腊未起之前一年，歙州生麟即死。后十日，州人叶世宁梦乘麟而登山，山东北有洞，乃舍麟而登入。二武士执而问之，世宁以实对，且言幸得放还，当有重报。一武士笑曰："误矣，吾即歙州某桥南停纸朱庆也，与子不熟，颇识其面。此洞有三堂四室，试令子观之。"遂引而前。中堂垂帘，曰："此堂待陈公。"文帐堆壅，吏不敢登。左堂帘卷其半，庆曰："天符已差罗浮天王居此，诸司往迓矣。"既升有牌，牌有三字，世宁惟记一"定"字。右堂无帘，上有衣紫袍曳杖而行，吏数十辈随之。二武士止世宁立。世宁熟视，即尚书彭公汝砺也。遽出拜之，公劳之曰："近到饶州否？"曰："去岁到饶州，公无恙，公何以至此？"公曰："吾位高，不当治狱，以吾最知本末，故受命至此。汝何能来也？"世宁骤对乘洞前石马而来。公曰："兽今安在？"二武士趋出曰："介兽误取去。"公曰："杖之百。"朱庆者唯而出。一武士领世宁欲去，世宁曰："愿一观四室，不敢泄于人。"公逡巡首肯。一吏持钥而下，引世宁往。开东室，有十余人露首愁坐，竹器数十，封钥甚固，旁有金带十余条。持钥者复开一室，架大木于两楹之间，有官者九人，亦露顶蹲踞其上，见人皆泣下。持钥者未尝少仁。世宁请入他室，持钥者曰："西有贵臣、阉人及前唐、后唐未具狱囚，法严，不可辄近。"言未既，忽有声如雷震。见巨蛇自屋东垂首而下，火舌电目，口鼻气出如烟。世宁惧而走，持钥者曰："东将入西室矣。此类甚多，岂可近耶？"世宁因问何以至是，曰："吁，吾姓严，前唐宦者。亲见当时中官势盛，士人知有中官，不知有朝廷。吾私窃笑而薄之。有能言中官太盛者，吾必起嗟叹。尝闻近代亦然，业力所招也。"世宁不尽记，大略如此。复往谢彭公，则堂已虚矣。世宁不敢问，心动求出。持钥者复曰："吾在此司无过，即世后凡三领江淮要职；此事了，则吾为地下主者矣。汝到人间，为吾诵《金光明经》，具疏烧与严直事，吾能报汝。"世宁拜辞，独与武士出洞。见朱庆骑麟自山顶来，下而揖世宁，抚麟乃石也。庆曰："山高不可陟，遵河甚径。烦语庆家人：蕲黄间卜居甚善，乡中当大乱。庆亦自以梦报，得子言，当信而不疑也。"一武士曰："《金光明经》亦望垂赐，得免追取之劳，幸矣。"世宁曰："仍为公等设醮及水陆。"二人以手加额。世宁曰："此洞何名？"庆曰："洞名金源，司名某，凡四字。"世宁不晓而问之，忽失足坠河而寤，汗浃背，病喑三日而愈。其后歙人稍稍闻之。

　　宣和改元，扬州学吏严清昼寝。梦人叩门呼之，清一手掣帽以趋，见植牌于康庄，清不暇读。斯须入一门，兵卫森然，吏引造庭，鞠躬曰："严清至。"清战汗，伏不能拜。自上掷一巨板，纵横万钉，布如棋局，斜倚于阶，传呼令上。一人衮冕而坐，紫衣侍左，朱衣侍右。清窃视之：衮冕者乃前太守刘尚书极也，朱衣者两浙运副刘何也。尚书问清茶盐法更张否，对曰："清学吏耳，茶盐法所不知。"又问学法更张否，对曰："仍旧，但近日兴建道学。"遂命朱衣取簿，令清自阅其姓名。每叶大书一人姓名、乡里，其下有细书若功与过，中有识者。中一叶乃清姓名，细书极少。尚书曰："后十旬汝当来此。"又命紫衣导清过西壁，以手排之，壁间见众罪人杂老幼男女，或血污其衣，带系其颈，悲哀愁苦，幽咽堕泪，可畏可怜。紫衣复导清出。尚书曰："汝当治此狱，俟取某人及淮南盐香提举黄敦信。"清逡巡摄衣，循板而下。吏以手招清使出。清过旧路，仰视其牌，书曰"辨正司"。既寤，言其事于教官钱耜良仲。时黄敦信一路气焰赫然，未几，盛怒间暴得疾，一夕而卒。清后卧病果死。扬人多知之，予数询乡人，乃得其详。

　　秦少游侍儿朝华，姓边氏，京师人也。元祐癸酉岁纳之，尝为诗云："天风吹月入栏杆,乌鹊无声子夜闲。织女明星来枕上,了知身不在人间。"时朝华年十九也。后三年,少游欲修真断世缘,遂遣朝华归父母。家贫,以金帛而嫁之。朝华临别泣不已。少游作诗云:"月雾茫茫晓柝悲,玉人挥手断肠时。不须重向灯前泣,百岁终当一别离。"朝华既去二十余日,使其父来云:"不愿嫁,却乞归。"少游怜而复取归。明年,少游出倅钱唐,至淮上,因与道友论议,叹光景之遄。归谓华曰:"汝不去,吾不得修真矣。"亟使人走京师,呼其父来,遣朝华随去,复作诗云:"玉人前去却重来,此度分携更不回。肠断龟山离别处,夕阳孤塔自崔嵬。"时绍圣元年五月十一日。少游尝手书记此事,未几遂窜南荒去。

欧阳文忠公与韩子华、吴长文、王禹玉同直玉堂,尝约五十八岁即致仕,子华书于柱上。其后过限七年,方践前志,作诗寄子华曰:"俗谚云:也卖弄得过里。其诗曰:人事从来无处定,世途多故践言难。谁知颍水闲居士,十顷西湖一钓竿。"

刘贡父诗话云:文士用事误错,虽为缺失,然不害其美。杜甫诗云:"功曹无复汉萧何。"按《光武纪》:帝谓邓禹曰:"何以不掾功曹。"又曹参尝为功曹。云鄅侯非也。贡父之意,直以少陵误耳。然《前汉》高纪云:单父人吕父善沛令,辟仇从之客,因家焉。沛中豪杰吏闻令有重客,皆往贺。萧何为主吏主进,令诸大夫曰:"进不满千钱,坐之堂下。"云云。注:孟康曰:主吏,功曹也。然则少陵用此非误也,第贡父偶思之未至耳。

嘉州《凌云寺大像记》,韦皋文,张绰书,其碑甚丰,字画雄伟。顷于潘义荣处见之。

阆州州治大厅梁间有一函书,前后人莫敢取视者。有一太守之子必欲开之,人劝之不从。竟取之,乃三国蜀时断一大辟案文耳。复置旧所,未几守遂死。

河南县尉司印,前后相传不敢开匣,开必境内有盗起,但以一水朱记用代,待移新旧官交易,但易匣之封耳。商州州治厅角有一刻成压角石兔,以碧纱笼护之,吏辈献纸钱者堆积焉,人不敢正视,吏辈辄视者必遭刑。□□□□□□□□□□□□□□□□□□□□□□积甚惮之,云夜即相驰逐于圃中。三事皆闻之耿宗醇彦纯云。

徐州有营妓马盼者,甚慧丽。东坡守徐日,甚喜之。盼能学公书,得其仿佛。公尝书《黄楼赋》未毕,盼窃效公书"山川开合"四字。公见之大笑,略为润色,不复易之。今碑中四字,盼之书也。

崔鷗德符颍昌阳翟人。元祐中,毕渐榜登科,不汲汲于仕宦。宣和中,监西京洛南稻田务。时中官容佐掌宫钥于洛,郡僚事之,惟恐不及,惟德符不肯见之,容极衔之。德符一日送客于会节园,时梅花已残,与客饮梅下。已而容奏陈以会节园为景华御苑,德符初不知也。明年暮春,复骑瘠马,从老兵径入园中,梅下哦诗曰:"去年白玉花,结子深林间。小憩借清影,低鬟啄微酸。故人不复见,春事今已阑。绕树寻履迹,空余土花斑。"徘徊而去。次日,容见地有马迹,问园吏,吏以崔对。容怒其轻己,遂劾奏鷗径入御苑,以此罪废累年。靖康初,起为左正言,未几卒,赠直龙图阁,归葬郏城,诗文甚高。

东坡为翰苑,元祐三年,供端午贴子,有云:"上林珍木暗池台,蜀产吴苞万里来。不独盘中见卢橘,时于粽里得杨梅。"每疑"粽里杨梅"之句,《玉台新咏》徐君蒨《共内人夜坐守岁诗》:"酒中喜桃子,粽里觅杨梅。"今人未见以杨梅为粽,徐公乃守岁诗,杨梅夏熟,岁暮安有此果,岂昔人以干实为之耶?东坡以角黍为午日之馔,故借言之耳。

无锡惠山泉水久留不败,政和甲午岁,赵霆始贡水于上方,月进百樽。先是,以十二樽为水式泥印置泉亭中,每贡发,以之为则。靖康丙午罢贡,至是开之,水味不变,与他水异也。寺僧法皞言之。

北京压沙寺梨谓之御园,其栽接之故,先植棠梨木与枣木相近,以鹅梨条接于棠梨木上,候始生枝条;又于枣木大枝上凿一窍,度接活梨条于其中,不一二年即生合,乃斫去枣之上枝,又断棠梨下干根脉,即梨条已接于枣本矣。结实所以甘而美者此。顷又见北人云:以胡桃条接于柳本,易活而速实。

章圣时炼丹一炉,在翰林司金丹阁,日供炭五秤,至熙宁元年犹养火不绝。刘袞延仲之父被旨裁减百司,此一项在经费之数,有旨罢之,其丹作铁色,诏藏天章阁。张忠定公安道居南都,炼丹一炉,养火数十年，丹成不敢服。时张刍圣民守南都，羸瘠殊甚，闻有此丹，坚求饵之。安道云："不敢吝也，但此丹服火之久，不有大功，必有大毒，不可遽服。"圣民求之甚力。乃以一粒如粟大以与之，且戒宜韬藏，慎勿轻饵。圣民得之即吞焉，不数日便血不止，五脏皆糜溃而下，竟死云。二事闻之刘延仲。

宣和间，有旨苏轼追复职名。时卫仲达达可当行词，因戏之云："达可宜刻意为此词，盖须焚黄耳。"闻者莫不大笑。

许道宁京兆人，少亦业儒，性颇跌宕不羁。画山水法李成，独造其妙，可与营丘抗衡。亦工传神，每见人寝陋者，必戏写貌于酒肆，识者皆笑之，为其人殴击之，碎衣败面而竟不悛。后游太华，见其峰峦嶒峛，始有意于山水，清润高秀，秋纤得法，不愧前人矣。杜祁公帅长安，道宁恃其技犯公，公怒捕之。道宁惧，欲窜避。或谓道宁曰："杜公严毅，汝乃干犯，汝将何之？虽走夷狄，必获汝矣。"时种师谊守环州，道宁乃往投谊。杜公闻之笑曰："道宁真善自为谋者。"乃贻书种公，俾善遇之。在环岁余乃归。环学从祀弟子，乃道宁所作笔也。予舅吴顺图有道宁画终南积雪图八幅，真绝品也。亡于兵火，惜哉！长安凉榭大屏面亦道宁所作，殊奇伟也。

晁无咎谪玉山，过徐州时，陈无己废居里中。无咎置酒，出小姬娉娉舞《梁州》。无己作《减字木兰花》长短句云："娉娉袅袅，芍药稍头红样小。舞袖低回，心到郎边客已知。　　金樽玉酒，劝我花前千万寿。莫莫休休，白发簪花我自羞。"无咎叹曰："人疑宋开府铁石心肠，及为《梅花赋》，清艳殆不类其为人。无己清通，虽铁石心肠不至于开府，而此词已过于《梅花赋》矣。"

元祐六年七夕日，东坡时知扬州，与发运使晁端彦、吴倅晁无咎，大明寺汲塔院西廊井与下院蜀井二水，校其高下，以塔院水为胜。

玫瑰油出北虏，其色莹白，其香芬馥，不可名状，用为试香，法用众香煎炼。北人贵重之，每报聘，礼物中只一合，奉使者例获一小罂。其法秘不传也。宣和间，周武仲宪之使虏过磁州时，叶著宣远为守，祝周云："回日愿以此油分饷。"既反命，以油赠之。叶云："今不须矣。近禁中厚赂虏使，遂得其法，煎成赐近臣，色香胜北来者。妇翁蔡京新寄数合,且云:公还朝必有取者,今反献一合。"周亦不受也。北人方物不过一合,贵惜如此,而贵近之家,赠遗若此之多,足知其侈靡之甚也。

蔡肇天启久官京师,日有薮泽之思,常于尺素作平冈老木,极有清思。因授李伯时,令于余地加远水归雁,作扁舟以载天启,及题小诗曰:"鸿雁归时水拍天,平冈老木尚寒烟。付君余地安渔艇,乞我寒江听雨眠。"伯时懒不能竟。他日王渔之彦舟取去,以示宗子令戬,即取笔点染如诗中意。天启见之,爱其佳。后天启泛舟宿横塘遇雨,闭篷而卧,夜分不寝,闻归雁声,因复为诗云:"平野风烟入梦思,殷勤作画更题诗。扁舟卧听横塘雨,恰遇江南归雁时。"此画后入贵家,予尝见之,渺然有江湖之思。

晁无咎作《庆州使宅记》,黄鲁直云:"大为佳作。"苏明允作《成都府张公安道画像记》,鲁直读之云:"司马子长复出也。"王逢原作《过唐论》,介甫云:"可方贾谊《过秦论》不及,而驰骋过之。"

裴铏《传奇》载,成都古仙人吴彩鸾善书小字,尝书《唐韵》鬻之。今蜀中导江迎祥院经藏,世称藏中《佛本行经》六十卷,乃彩鸾所书,亦异物也。今世间所传《唐韵》犹有□旋风叶,字画清劲,人家往往有之。

建炎庚戌二月二十五日,虏兵陷平江府。两浙宣抚使周望移军退保昆山县,泊舟马鞍山下湖边。吏方用印,忽有风旋转入舟,印与文移尽卷堕水。相视骇愕,使水工探之不获。望惧北兵之来袭也,欲亟走屯惠通镇,为失印所挠,留吏求之。吏祷于马鞍山神曰静济侯者,曰:"苟不获,且将得罪,必焚庙而行。"县宰亦惧,乃作堰捍水,以踏车涸之。畚插如云,凿数尺始得之,已沦于泥中矣。

顷有一士人,每于班列中好与秘阁诸公交语,好事者戏目之为馆职里行。

李廌方叔《祭东坡文》有云:"皇天后土,鉴平生忠义之心;名山大川,还千古英灵之气。"

兵部郎中莫卞居场屋日,因赴浙漕,梦人就旅邸报姓莫人作状元,卞出迎之,乃云名俦,非卞也。时卞已投卷,是举登科,明年得子,因名俦。后二十四年俦作大魁，卞对贺客言之。

朱勔丧父，作黄箓醮请茅山道士陈亦夷字彦真拜章，回得报应，但见金甲神人杖剑叱云："朱勔父子罪恶贯盈，上天不赦，汝焉得为拜章？"彦真不敢言于勔，私为亲密者道。不逾三年勔败。

李去伪绍圣初知通州静海县，至夜即入一室判冥，外人皆闻讯问枷锁声，因目为李见鬼。去替密迩，会集同官，出二子拜县尉陈噩，噩不敢当。乃云："去伪老矣，不及见公之贵。若长子俦，虽自成立，不能远大；次子僖，异日与公有恩契，当令今日先识面耳。"众皆罔测。政和初，噩为司勋郎官，主铨试文，僖中乙授西京偃师簿。又三年为噩婿，果符恩契之言。噩终徽猷阁待制，僖终朝请大夫，俦登科，未及禄而卒。

崇宁间平江府天平山白云寺有数僧行山间，得蕈一丛，共煮食之。至夜发吐，内三人急取鸳鸯草生啖，遂愈，其二人不啖者，吐至死。鸳鸯草藤蔓而生，黄白花对开，傍水依山，处处有之。治痈疽肿毒尤妙，或服或傅皆可。盖沈存中良方所载金银花又曰老翁须者，《本草》名忍冬。

山谷诗云："争名朝市鱼千里。"予问诸学士"鱼千里"，多云：此《齐民要术》载范蠡种鱼事，法池中作九墩。然初无"千里"字，心颇疑之。后因读《关尹子》云：以盆为沼，以石为岛，鱼环游之，不知其几千万里不穷也。乃知前辈用事如此该博，字皆有来处。

班行李质，人材魁岸磊落甚伟，徽庙朝欲求一人相称者为对，竟无可俪。当时同列目为察隻子。京师俚语谓无对者为察隻。建炎三年，擢权殿帅。

苏黄门子由薨于许下，王巩定国作挽词三首。其一云："忆昔持风宪，防微意独深。一时经国虑，千载爱君心。坤道存终始，乾纲正古今。当时人物尽，惆怅独知音。"注云：元祐中，议册后，宣仁御文德殿发册。公语余密告吕丞相微仲：母后御前殿，兹不可启。微仲明日留身，宣仁诏宫中本殿发册，时人无知者。二云："已矣东门路，空悲未尽情。交亲逾四纪，忧患共平生。此去音容隔，徒多涕泪横。蜀山千万叠，何处是佳城。"注云：公前年寄书约予至许田曰："有南齐翠竹满轩，可与定国为十日之饮。"此老年未尽之情也。其三云："静者宜膺寿，胡为忽梦楹。伤嗟见行路，优典识皇情。徒泣巴山路，终悲蜀道程。弟兄仁达意，千古各垂名。"注云：公与子瞻尝泊巴江，夜雨，相约伴还蜀，竟不果归。今子瞻葬汝，公归眉。王祥有言：归葬，仁也；留葬，达也。右三诗，予在高邮于公之子处见其遗稿，因录之，皆当时事。今公之后邈然，家集不复存，惜其亡也，因附于此。

晏叔原聚书甚多，每有迁徙，其妻厌之，谓叔原有类乞儿般漆碗。叔原戏作诗云："生计唯兹碗，般擎岂惮劳。造虽从假合，成不自埏陶。阮杓非同调，颜瓢庶共操。朝盛负余米，暮贮藉残糟。幸免墦间乞，终甘泽畔逃。挑宜筇作杖，捧称葛为袍。傥受桑间饷，何堪井上螬。绰然真自许，呼尔未应饕。世久轻原宪，人方逐子敖。愿君同此器，珍重到霜毛。"

卷四

山谷作《钓亭诗》有云："影落华亭千尺月，梦通岐下六州王。"上句盖用华亭船子和尚诗云："千尺丝纶直下垂，一波才动万波随。夜静水寒鱼不食，满船空载月明归。"下句盖用文王梦吕望事。然六州王事见《毛诗·汉广》云：文王之道，被于南国。疏云：言南国则一州也。于时三分天下有其二，故雍、梁、荆、豫、徐、扬之人，咸被其德而从之云云。山谷用事深远，其工如此，可为法也。

王禹玉丞相《寄程公辟诗》云："舞急锦腰迎十八，酒酣玉觥照东西。"乐府《六么》曲有《花十八》，古有玉东西杯，其对甚新也。

陈辅辅之，丹阳人，能诗，荆公深爱之。尝访建康杨骥德逢，留诗壁间云："北山松粉未飘花，白下风轻麦脚斜。身似旧时王谢燕，一年一度到君家。"荆公见之笑谓曰："辅之骂君作寻常百姓也。"

东京城北有祆^{呼烟切}庙，祆神本出西域，盖胡神也，与大秦穆护同入中国，俗以火神祠之，京师人畏其威灵，甚重之。其庙祝姓史，名世爽，自云：家世为祝累代矣，藏先世补受之牒凡三：有曰怀恩者，其牒唐咸通三年宣武节度使令狐给，令狐者，丞相绹也。有曰温者，周显德三年端明殿学士权知开封府王所给，王乃朴也。有曰贵者，其牒亦周显德五年枢密使权知开封府王所给，亦朴也。自唐以来，祆神已祀于汴矣，而其祝乃能世继其职，逾二百年，斯亦异矣。今池州郭西英济王祠，乃祀梁昭明太子也。其祝周氏亦自唐开成年掌祠事至今，其子孙今分为八家，悉为祝也。噫，世禄之家，能箕裘其业，奕世而相继者，盖亦甚鲜，曾二祝之不若也。镇江府朱方门之东城上乃有祆神祠，不知何人立也。

本朝玉辂，乃隋朝所造，唐显德中尝修之，凡三到泰山，故张芸叟《郊祀庆成诗》云："大裘依古制，玉辂自隋传。"

范忠宣公尧夫谪居永州，以书寄人云："此中羊面无异北方，每日闭门飧馎饦，不知身之在远也。"

孙觌仲益尚书，四六清新，用事切当。宣和中，与家兄子章同为兵部郎。未几子章出知无为军，仲益继迁言官，自南床亦出知和州。时淮南漕俞䵣以无为岁额上供米后时，委知州取勘无为当职官吏。仲益得檄漫不省也，置而不问，亦不移文。已而米亦办，子章德仲益，以启谢之。仲益答之，有云："苞茅不入，敢加问楚之师；辅车相依，自作全虞之计。"人颇称赏，以为精切也。

许、洛两都轩裳之盛，士大夫之渊薮也。党论之兴，指为许、洛两党。崔鷃德符、陈恬叔易，皆戊戌生，田昼承君、李豸方叔，皆己亥生，并居颍昌阳翟：时号戊己四先生，以为许党之魁也，故诸公皆坐废之久。

杜甫有云"星落黄姑渚，秋辞白帝城"之句，说者但见古诗云："东飞伯劳西飞燕，黄姑织女时相见。"意谓黄姑乃牵牛，然不见其所出，不晓黄姑之说，故杨亿大年《荷花诗》云："舒女清泉满，黄姑别渚通。"刘筠子仪《七夕诗》云："伯劳东翥燕西飞，又报黄姑织女期。"大年和云："天孙已度黄姑渚，阿母还来汉帝家。"皆用此事。予后读纬书，始见引张平子《天象赋》云："河鼓集军，以嘈杂嚰。"张茂先、李淳风等注云："河鼓三星在牵牛星北，主军鼓，盖天子三军之象。昔传牵牛织女见此星是也。"故《尔雅》河鼓谓之牵牛。又古诗云："东飞伯劳西飞燕，黄姑织女时相见。"黄姑即河鼓也，音讹而然。今之学者或谓是列舍牵牛而会织女，故于此析其疑。又张茂先《小家赋》曰："九坎至牵牛，织女期河鼓。"石炼注云："河鼓星在牵牛北，天鼓也，主军鼓，主钺铁。"李淳风云："自昔相传牵牛织女七月七日相见者，乃此星也。"予因此始知黄姑乃河鼓，为牵牛之别名。昔人云开卷有益，信然。

杜甫大历三年春，白帝城放船出瞿塘峡，将适江陵，诗四十韵，其末有云"五云高太甲，六月控抟扶"之句。鲍钦正、邓睿思、范元实及世行所谓王原叔注者，诸家皆不详五云太甲之义。予读唐王勃文集，有《大唐九陇县孔子庙堂铭序》云："帝车造指，逎七曜于中阶；华盖西临，载五云于太甲。虽使星辰荡越，三元之轨躅可寻；云雨沸腾，六气之经纶有序。然则抚铜浑而观变化，则万象之运不足多矣；握瑶镜而临事业，则万幾之凑不足大矣。"云云。然则五云太甲之义，盖为玄象而言矣，第未见其所出之书，当俟博洽君子请问之。惟《酉阳杂俎》云：王勃每为碑颂，先磨墨数升，引被覆面而卧，忽起一笔书之，人谓之腹稿。燕公尝读《夫子学堂碑》自"帝车"至"太甲"四句悉不解，访之一公。一公言北斗建午，七曜在南方，有是之祥，无为圣人当出。华盖已下卒不可悉。然则五云太甲，一公、燕公不知之，况余人乎？

东北冬月寒甚，夜气塞空如雾，著于林木，凝结如珠玉，旦起视之，真薄雪也，见晛乃消释，因风飘落，齐鲁人谓之雾凇，谚云："雾凇重雾凇，穷汉置饭瓮。"盖岁穰之兆也。曾子固之齐州，有《冬夜诗》云："香清一榻氍毹暖，月淡千门雾凇寒。"又有《雾凇诗》云："园林初日静无风，雾凇开花处处同。记得集英深殿里，舞人齐插玉笼松。"盖谓是也。东坡在定武送曹仲锡诗亦云："断蓬飞叶落黄沙，只有千林鬖松花。应谓王孙朝上国，珠幢玉节与排衙。"亦谓此也。雾凇音梦送。鬖松皆同音。

东坡自儋耳北归，临行以诗留别黎子云秀才云："我本儋州人，寄生西蜀州。忽然跨海上，譬如事远游。平生生死梦，三者无劣优。知见不再见，欲去且少留。"后批云："新酿甚佳，求一具理，临行写此，以折菜钱。"宣和中，予在京相蓝，见南州一士人携此帖来，粗厚楮纸，行书，涂抹一二字，类颜鲁公祭侄文，甚奇伟也。具理，南荒人瓶罍。

刘安世器之在都下，僧化成见之曰："公在胞胎中当有不测惊危，幼年复有恶疾，几为废人，然卒无恙。"盖器之父航赴官蜀中，时母方娠，遇栈道，天雨新霁，磴滑危甚。忽石隙马蹶，夫人已坠崖下矣。众皆惊泣，无复生望。试使下瞰，厓腹有巨木，葛藟萦结，蟠屈如盖，落叶委藉，夫人安坐于上，呼之即应。乃以衾裯悬缒而上，了无所伤，至官未几而育器之。后十余岁居京师，苦赤目甚恶，睛溢于外，百医莫差。一日，有客云：某有一相识来调官，畜恶目药甚效。昨日来别，云已陛辞，早晚即行。试遣人往求之，时行李已出房，云药诚有之，匆匆忘记在某箧中。初发一箧，药乃在焉，遂得之，令以药傅睛上，软帛缠护，戒七日方开。一傅痛即止，及开，睛以内眸子瞭矣。二事器之自为刘勉中言。

苏阴和尚作《穆护歌》，又地里风水家亦有《穆护歌》，皆以六言为句而用侧韵。黄鲁直云：黔南巴僰间赛神者，皆歌《穆护》，其略云："听唱商人《穆护》，四海五湖曾去。"因问"穆护"之名，父老云：盖木瓠耳，曲木状如瓠，击之以节歌耳。予见淮西村人多作《炙手歌》，以大长竹数尺，刳去中节，独留其底，筑地逢逢若鼓声，男女把臂成围，抚髀而歌，亦以竹筒筑地为节。四方风俗不同，吴人多作《山歌》，声怨咽如悲，闻之使人酸辛。柳子厚云"欸乃一声山水绿"，此又岭外之音，皆此类也。

济南为郡在历山之阴，水泉清泠，凡三十余所，如舜泉、爆流、金线、真珠、洗钵、孝感、玉环之类皆奇。李格非文叔皆为历下水记，叙述甚详，文体有法。曾子固作诗，以爆流为趵突，未知孰是。

发运使淳化四年始建官焉。六路转输于京师者，至六百二十万石。通、泰、楚、海四州煮海之盐，以供六路者三百二十余万石，复运六路之钱以供中都者，常不下五六十万贯。淳化四年，以内殿崇班杨允武恭为都大管勾江南诸州纲船、般运、盐粮、钱帛、茶货。当时殿直蔡崇道、供奉官刘全信同管勾。五年七月，允恭授西京作坊使，逐次添管职事，乃立制置发运使额。至乾兴元年十二月，文武官二员。皇祐元年，施昌言以天章阁待制充使，自后多除两制置统六路，年额上供米六百二十万石：内四百八十五万石赴阙，一百三十五万石南京畿送纳。淮南一百五十万石赴阙，二十万石咸平尉氏，五万石大康。江南东路九十九万一千一百石，七十四万五千一百石赴阙，二十四万五千石赴拱州。江南西路一百二十万八千九百石，一百万八千九百石赴阙，二十万石赴南京。湖南六十五万石尽赴阙，湖北三十五万石尽赴阙。两浙一百五十五万石，八十四万五千石赴阙，四十万三千三百五十二石陈留，二十五万一千六百四十八石雍丘。

东坡知徐州，作黄楼，未几黄州安置，为定帅作《松醪赋》，有云："遂从此而入海，渺翻天之云涛。"俄贬惠州，移儋耳，竟入海矣。在京师送人入蜀云："莫欺老病未归身，玉局他年第几人。"比归，果得提举成都玉局观。三事皆谶也。

京师五岳观后凝祥池，有黄色莲花甚奇，他处少见本也。

安惇处厚初谪潭州，过仪真，见客河亭，有一丐者遽前，自言有戏术，愿陈一笑。安心异之，欣然延礼。丐者求一砚，及素笔幅纸香炉，乃取土以唾和，呵之成墨矣。又取土呵之，悉成薰陆，焚之芬馥。乃研墨谓安曰："吾不能书。"命小吏持笔题诗曰："佳人如玉酒如油，醉卧鸳鸯帐里头。咫尺洞庭君不到，长生不死最风流。"处厚读之不晓，自以无嗜欲久矣，岂有"佳人如玉""醉卧鸳鸯"之事乎？且谓"洞庭君不到"，是谓我不可仙矣。遂谢丐者，与酒一壶，一饮而尽，长揖而去。安行将过洞庭之日，被命镌消官资，放归田里，乃悟前诗之异。丐者必异人也，诗中似隐神仙秘诀，人不晓耳。

东坡自常州赴登州，经过扬州石塔寺，长老戒公来别，东坡云："经过草草，恨万一别石塔。"塔起立云："这个是砖浮图耶？"坡云："有缝。"答云："若无缝，何以容得世间蝼蚁？"坡首肯之。元丰八年八月二十七也。明日，坡又作诗赠之云："竹西失却上方老，石塔还逢惠照师。我亦化身东溟去，姓名莫遣世人知。"

崔公度伯易赴宣州守，江行夜见一舟，相随而行，寂然无声。晚船得港而泊，所见之舟亦正近岸。公疑之，遣人视之，乃空舟也。舟中有血痕，于舟尾得皂绦一条，系文字一纸。取观之，乃顾舟契也，因得其人姓名及牙保之属。至郡，檄巡尉缉捕，尽获其人。盖船主杀顾舟之商，取其物而弃其舟，遂伏于法。岂鬼物衔冤而诉乎？

文潞公丞相出镇西京，奉诏于琼林苑燕饯，从列皆预，赋诗送行。王禹玉时为内相，诗云："都门秋色满旌旗，祖帐容陪醉御卮。功业迥高嘉祐末，精神如破贝州时。匣中宝剑腾霜锷，海上仙桃压露枝。昨日更闻褒诏下，别刊名姓入周彝。"时以为警绝。曾弦伯容为予言此诗第一句便见体面之大，若非上公大僚，讵敢于都门而张旌旗耶？此余人所不可当也。白居易献裴度丞相诗云："闻说风情筋力在，只如初破蔡州时。"禹玉用此事也。

镇江府甘露寺在北固山上，江山之胜，烟云显晦，萃于目前。旧有多景楼，尤为登览之最，盖取李赞皇题临江亭诗有"多景悬窗牖"之句，以是命名。楼即临江故基也。裴煜守润日有诗云："登临每忆卫公诗，多景唯于此处宜。海岸千艘浮若芥，邦人万室布如棋。江山气象回环见，宇宙端倪指点知。禅老莫辞勤候迓，使君官满有归期。"自经兵火，楼今废，近虽稍复营缮，而楼基半已侵削，殊可惜也。

王荆公退居金陵，建宅于半山，盖自城至钟山宝公塔，路之半，因以得名。宅后有谢公墩，乃谢安石居东山之所也。荆公云："我名公字偶相同，我屋公墩在眼中。公去我来墩属我，不应墩姓尚随公。"其后公舍宅为报宁寺，寺今亦废，未复旧，而墩岿然独存。

宣和二年，睦寇方腊起帮源，浙西震恐，士大夫相与奔窜。关注子东在钱塘，避地携家于无锡之梁溪。明年腊就擒，离散之家，悉还桑梓。子东以贫甚未能归，乃侨寓于毗陵郡崇安寺古相院中。一日，忽梦临水有轩，主人延客，可年五十，仪观甚伟，玄衣而美须髯。揖坐，使两女子以铜杯酌酒，谓子东曰："自来歌曲新声，先奏天曹，然后散落人间。他日东南休兵，有乐府曰《太平乐》，汝先听其声。"遂使两女子舞，主人抵掌而为之节。已而恍然而觉，犹能记其五拍。子东因诗记云："玄衣仙子从双鬟，缓节长歌一解颜。满引铜杯效鲸吸，低回红袖作弓弯。舞留月殿春风冷，乐奏钧天晓梦还。行听新声太平乐，先传五拍到人间。"后四年，子东始归杭州，而先庐已焚于兵火，因寄家菩提寺。复梦前美髯者，腰一长笛，手披书册，举以示子东。纸白如玉，小朱栏界间行，似谱，有其声而无其词。笑谓子东曰："将有待也。往时在梁溪，曾按《太平乐》，尚能记其声否乎？"子东因为之歌，美髯者援腰间笛，复作一弄。亦能记其声，盖是重头小令。已而遂觉。其后又梦至一处，榜曰"广寒宫"，宫门夹两池，水莹净无波，地无纤草，仰视嵬峨，若洞府然。门钥不启，或有告之者曰："但曳铃索，呼月姊，则门开矣。"子东从其言，试曳铃索，果有膺者。乃引入至堂宇，见二仙子，皆眉目疏秀，端庄靓丽，冠青瑶冠，衣彩霞衣，似锦非锦，似绣非绣。因问引者曰："此谓谁？"曰："月姊也。"乃引子东升堂，皆再拜。月姊因问往时梁溪曾令双鬟歌舞传《太平乐》尚能记否，又遣紫髯翁吹新声亦能记否。子东曰："悉记之。"因为歌之。月姊喜见颜面，复出一纸，书以示子东曰："亦新词也。"姊歌之，其声宛转似乐府《昆明池》。子东因欲强记之，姊有难色，顾视手中纸，化为碧字，皆灭迹矣。因揖而退，乃觉，时已夜阑矣。独记其一句云："深诚杳隔无疑。"亦不知为何等语也。前后三梦，后多忘其声，惟紫髯翁笛声尚在。乃倚其声而为之词,名曰《桂华明》。云:"缥缈神清开洞府,遇广寒宫女。问我双鬟梁溪舞,还记得当时否。碧玉词章,教仙女为按歌宫羽。皓月满窗人何处,声永断,瑶台路。"子东尝自为予言之。

王禹玉为翰苑,治平三年二月十五日,召对蕊珠殿。时赐紫花墩令坐,逾数刻方罢。明年,英庙上仙,珪作挽词有云:"曾陪蕊珠殿,独赐紫花墩。"盖谓是也。

"金钗双捧玉纤纤,星宿光芒动满奁。解笑诗人夸博物,只知红果味酸甜。"曾子固《荔枝诗》也。白乐天《荔枝诗》曰:"津液甘酸如醴酪。"杜子美诗云:"红颗甜酸只自知。"故前诗讥二公也。政和初,闽中贡连株者,移植禁中,次年结实,不减土出。道君御制诗云:"玉液乍凝仙掌露,绛纱初脱水晶丸。"盖体物之工矣。时群臣皆应制焉。

高邮禅居寺大殿佛髻珠,一日为盗窃去,往来夜中不得出。僧怪之曰:"汝往来何求?"曰:"欲求门以出。"僧指曰:"此门也。"又复他之,竟不见也。僧诘问,具以窃珠为对,即引盗纳珠,令投哀引咎,乃识涂而去。僧因扰拭佛供,见座下有败经,腐烂狼籍。鼠巢其中,小鼠数枚,尚未能走,或少足,或眇目欠尾者,无耳者,迨无一全形,殊可怪也。

王将明后房曰田令人者,颜貌殊伦,真国色也。靖康改元正月,将明死,田自都携一婢窜至亳州,居逆旅中。郡知之,为拘管数月。其家遣人迎归。蔡元长后房曰武恭人,亦妙丽不凡。元长谪岭表,武在京师,为一使臣姓孙人所蓄,乃携孙窜至南京,亦为郡所拘。七月,开封差人擒之,送入京师。时予适在二郡,皆见之。

钱塘僧净晖子照旷,学琴于僧则完全仲,遂造精妙,得古人之意。宣和间,久居中都,出入贵人之门,尝得一旧琴修治之。磨去旧漆三数重,隐隐若有字痕,重加磨砒,得古篆"霜镛"二字,黄金填之,字画劲妙有法。中官陈彦和以七百千得之,别以马价珠为徽,白玉为轸。修成弹之,清越声压数琴,非雷氏未易臻此也。靖康丁未,辛道宗将赵万叛。九月二十八日,陷镇江府。时彦和在京口,挺身而走,琴遂不携。又宗室士儦立之,时知南外大宗正亦在郡,所服犀带,乃道君解赐渊圣,渊圣解赐士儦者,正透盘龙,亦亡焉。龙屈若飞翔之状,予尝见之。

郭熙，河阳温县人，以画得名。其子思后登科，熙喜甚，乃于县庠宣圣殿内图山水窠石四壁，雄伟清润，妙绝一时。自云平生所得，极意于此笔矣。熙能为远景，意趣益新，略不相杂，亦名手也。贵人家收熙一景山水二十四幅，挂高堂上，森然若在林壑间，未易得也。思后为待制，乃重资以收父画，欲晦其迹也。

杜子美微意深远，考之可见，如《丹青引赠曹霸诗》也有云：“至尊含笑催赐金，圉人太仆皆惆怅。”说者谓帝喜霸之能写真画马也，故催金赐之，而圉人太仆，自叹其无技以蒙恩赉耳。如此说则意短无工，殊不知此画深讥肃宗也。考是诗始云：“先帝天马玉花骢，画工如山貌不同，是日牵来赤墀下，迥立阊阖生长风。”帝既见先帝之马，当轸羹墙之念，反含笑而赐金，曾不若圉仆见马能惆怅而怀先帝也。又《寄刘峡州伯华使君》长篇尾句云：“江湖多白鸟，天地亦青蝇。”人多指白鸟为鹭，非也。按《月令》，仲秋之月，群鸟养羞。注引《夏小正》曰：九月丹鸟。盖白鸟，说者谓蚊蚋也。又《金楼子》云：齐威公卧于柏寝，白鸟营饥而求饱，公开翠纱之厨而进焉。有知礼者，不食而退；有知足者，隽肉而退；有不知足者，长嘘短吸而食。及其饱者，腹为之溃。盖戒夫贪也。又诗人以青蝇刺谗。然则公诗盖言天下多贪谗之人耳。

泰陵时，蔡元长为学士。故事：供贴子，皇太后、皇帝、皇后阁各有词，诸妃阁同用，四首而已。时昭怀刘太后充贵妃，元长特撰四首以供之，有“三十六宫人第一，玉楼深处梦熊罴。”

荆公退居钟山，常独游山寺。有人拥数卒，按膝据床而坐，骄气满容，慢骂左右，为之辟易。公问为谁，僧云：“押纲张殿侍也。”公即索笔题一诗于扉云：“口衔天宪手持钧，已是龙墀第一人。回首三千大千界，此身犹是一微尘。”

王洙原叔内翰常云：作书册，粘叶为上，久脱烂，苟不逸去，寻其次第，足可抄录，屡得逸书，以此获全。若缝缋岁久断绝，即难次序。初得董氏《繁露》数册，错乱颠倒，伏读岁余，寻绎缀次，方稍完复，乃缝缋之弊也。尝与宋宣献谈之，宋悉令家所录者作粘法。予尝见旧三馆黄本书及白本书，皆作粘叶，上下栏界出于纸叶。后在高邮借孙莘老家书，亦如此法。又见钱穆父所蓄亦如此，多只用白纸作标，硬黄纸作狭签子。盖前辈多用此法。予性喜传书，他日得奇书，不复作缝缋也。

陕州大河南岸有物如铁石状，谓之铁牛，旧有祠宇，唐末封号"顺正庙"。大中祥符四年，真宗祀汾阴，幸其庙，作《铁牛诗》。

泗州普照寺僧伽塔建炎戊申二月二日灾，秀州华亭普照寺亦以是日焚。其塔亦甚雄盛，可亚于泗上也。

西京进花自李迪相国始。

杜子美祭房相国，九月用"茶藕莼鲫之奠"。莼生于春，至秋则不可食，不知何谓。而晋张翰亦以秋风动而思菰菜、莼羹、鲈脍，鲈固秋物，而莼不可晓也。

晁文元公迥深明理性，尝作七审，于四威仪中，尝自考校，以代曾子三省之义。道力浅深，自审方知：一、一切妄念能息否；二、一切外缘稍简省否；三、一切触境能不动否；四、一切语言能慎密否；五、一切黑白减分别否；六、梦想之间不颠倒否；七、方寸之间得恬愉否。予读公所作内典诸书，得此若有所省，当书诸座右，以警昏愦。

张芸叟作《凤翔吴生画记》，秦少游作《五百罗汉图记》，皆法韩退之《画记》，俱无愧也。

卷五

元丰五年，状元黄裳榜，神庙御集英殿。唱名至第三甲，有暨陶者，主师误呼为暨，去声。三呼之无应者。苏丞相颂，时为吏部侍郎，侍立，上顾颂，颂曰："当呼为居衣切。"果应而出。上曰："卿何以知之？出何书？"颂曰："臣观三国时，吴有暨艳造营府之论，恐其后也。"问陶乡里，乃建州人，上喜曰："果吴人。"褒谕再三。大观三年，状元贾安宅榜，徽庙御集英殿。唱名至第五甲，有甄彻者，中书侍郎林摅彦振唱名，呼甄为诸延切。彻自言姓甄，之人切。摅犹强辨之，近侍皆笑。继而御史有言，摅罢而出。

神庙朝御马有曰玉逍遥者，盖赭白也，尝幸金明池，归乘之。

胡世将成公为中书舍人，兼权给事中，与张焘子公同在后省。一日，胡将上马，忽内逼，乃解衣登厕。张戏之曰："解衣脱冕而行，舍人给事。"取"急"同音。欲寻属对，无有其事。后李弥大似矩当尚书，知平江府，似矩常为宣抚使，赵九龄次张忽云："子公之句，吾有对矣。可对'弃甲曳兵而走，宣抚尚书'。"取尚书字同音。闻者莫不大笑，且以为的对。盖为帅臣常为贼所窘也。

范文正公长子监簿纯佑，自幼警悟，明敏过人。文正公所料事，必先知之，善能出神。公在西边，凡虏情几事，皆预遥知。盖出神之虏廷得之。故公每制胜，料敌如神者，监簿之力也。因出神为人所惊，自此神观不足，未几而亡，时甚少也。公之族子闾彦之云。

邦基外祖父吴豪字特起，世家临川，其兄仕于唐州而亡，因家江上。治田于黄玉二坡，遂以多资闻，倜傥尚义，潜德不耀。荆公夫人之同祖兄弟也。荆公更新法，心不喜之。将授之官，力辞不愿。自外祖死，伯舅元顺图持门户。顺图萧散风度，雅意翰墨，蓄法书名画甚富，烹茶焚香，吟诗弹琴，而陇亩漫不省也。坐是东皋废弛，岁不暇给，乃委仲舅兑悦图治其隳败。悦图孝友修愿，赒贫乐施，有父风。未几多稼复如曩时，岁收数万斛。公心持己，无丝发之私，输载长兄房，以听出纳。悦图奉太夫人尽子道,待兄弟得怡怡之义。四方亲旧以贫促者,有恤无厌,臧获咸无怨言,乡曲皆得其欢心。宣和辛丑秋得病,至冬不起,视笥中衣无两袭,未尝有一物私蓄也,人始服其廉谨。其京师调发科敷,动以万计,适丁连岁旱歉,悦图忧家勤瘁,郁郁感病。其死数日,侄茆梦悦图云:"吾有诗,尔其志之。"及觉,忆其二句云:"春风陌上一杯酒,回首家园事若何。"盖悦图虽死犹不忘家也,悲夫。

僧如璧,乃江西进士饶节次子也。少年尝投书于曾子宣论新法非是,不合,乃祝发更名。尤长于诗,尝住数刹,士夫大多与之游,后改字德操。咏梅花一联云:"遂教天下无双色,来作人间第一春。"风味亦不浅。又答吕居仁寄诗云:"长忆吟时对短檠,诗成重改又鸡鸣。如今老矣无心力,口诵君诗绕竹行。"居仁甚称之。

《玉台新咏》梁沈约休文有《六忆诗》,盖艳词也。其后少有效其体者。王全玉乃作《宫体十忆诗》,李元膺重见之,爱其词意宛转,且曰:"读之动人,老狂不能已,聊复效尤。"亦作十绝,谓《忆行》、《忆坐》、《忆饮》、《忆歌》、《忆书》、《忆博》、《忆颦》、《忆笑》、《忆眠》、《忆妆》也。其一曰:"屏帐腰支出洞房,花枝窣地领巾长。裙边遮定双鸳小,只有金莲步步香。"其二云:"椅上藤花阚面平,绣裙斜绰茜罗轻。踏青姊妹频来唤,鸳履贪弓不意行。"其三云:"绿蚁频催未厌多,帕罗香软衬金荷。从教弄酒春衫涴,别有风流上眼波。"其四云:"一串红牙碎玉敲,碧云无力驻晴霄。也知唱到关情处,缓按余声眼色招。"其五云:"纤玉参差象管轻,蜀笺小研—作研碧窗明。袖纱密掩嗔郎看,学写鸳鸯字未成。"其六云:"小阁争筹画烛低,锦茵围坐玉相敧。娇羞惯被诸郎戏,袖映春葱出注迟。"其七曰:"漫注横波无语处,轻拢小板欲歌时。千愁万恨关心曲,却使眉尖学别离。"其八云:"从来题目值千金,无事羞多始见心。乍向客前犹掩敛,不知已觉钿窝深。"其九云:"泥娇成困日初长,暂卸轻裙玉簟凉。漠漠帐烟笼玉枕,粉肌生汗自莲香。"其十云:"宫样梳儿金缕犀,钗梁水玉刻蛟螭。眉间要点双心事,不管萧郎只画眉。"其情致殊妍丽,自非风流才思者不能作也。

藏书之富,如宋宣献、毕文简、王原叔、钱穆父、王仲至家及荆南田氏、历阳沈氏,各有书目。谯郡祁氏多书,号"外府太清老氏之藏室",后皆散亡。田、沈二家,不肖子尽鬻之。京都盛时,贵人及贤宗室往往聚书,多者至万卷。兵火之后,焚毁迨尽,间有一二流落人间,亦书史一时之厄也。吴中曾敏彦和、贺铸方回二家书,其子献之朝廷,各命以官,皆经彦和、方回手自雠校,非如田、沈家贪多务得,舛谬讹错也。

平江自朱勔用事,花木之奇异者,尽移供禁御,下至墟墓间珍木,亦遭发凿。山林所余,惟合抱成围,或拥肿樗散者,乃保天年。建炎己酉冬洎庚戌春,宣抚使周望留姑苏。诸将之兵,斧斤日往,樵斫俱尽,栋梁之材,析而为薪,莫敢谁何,诸山皆童矣,亦草木一时之厄耶?

吴中鱼市以斗计,一斗为二斤半。《松陵唱和》皮日休《钓侣诗》云:"一斗霜鳞换浊醪。"注云:"吴中买鱼论斗,酒即称斤。"其来远矣。然酒今已用升,至市交及蔬反论斤,土风不可革也。

僧谓酒为般若汤,鲜有知其说者。予偶读《释氏会典》,乃得其说。云有一客僧,长庆中届一寺,呼净人酤酒。寺僧见之,怒其粗暴,夺瓶击柏树,其瓶百碎,其酒凝滞,着树如绿玉,摇之不散。僧曰:"某常持《般若经》,须倾此物一杯。"即讽咏浏亮。乃将瓶就树盛之,其酒尽落器中,略无子遗,奄然流啜,斯须器瓠音庾。酣畅矣。酒之廋辞,其起此乎。

乐全先生张安道薨,东坡时守颍州,于僧寺举挂,参酌古今,用唐人服座主缌麻三月,又别为文往祭其枢。盖感其知遇也。

王文公安石为相日,奏事殿中。忽觉偏头痛不可忍,遽奏上请归治疾,裕陵令且在中书偃卧。已而小黄门持一小金杯,药少许,赐之云:"左痛即灌右鼻,右即反之,左右俱痛并灌之。"即时痛愈,明日入谢。上曰:"禁中自太祖时有此数十方,不传人间,此其一也。"因并赐此方。苏轼自黄州归,过金陵,安石传其方,用之如神,但目赤,少时头痛即愈。法用新萝卜,取自然汁,入生龙脑少许调匀,昂头使人滴入鼻窍。

舒信道《败荷诗》云:"忍看夜影分残月,别送秋声入晚风。"前辈云:"一郡之政观于酒,一家之政观于齑。"盖二物若善,则其他可知矣。

处州缙云县簿厅为武尉司，顷有一妇人常现形与人接，妍丽闲婉，有殊色。其来也，异香芬馥，非世间之香。自称曰英华，或曰绿华，前后官此者，多为所惑。建炎中，一武尉与之配合如伉俪，同僚皆预其宴集，慧辨可喜，与尉料理家事。自言我非妖媚，不害于人。尉以郡檄部兵至扬州，时车驾驻跸淮南。英华亦随而行，至扬州南门不肯入，谓尉曰："天子之所，门有守御之神，我不可入，我从此而逝矣。然君之行，若复差往泗上，祸即至矣。"遂惨别而去。尉至御营，果令所部兵往泗州交割，尉乃行，未几而北兵至，遂不知存亡。独小史得脱而归，英华已先至邑久俟矣。其后有蒋辉远，永嘉人，为邑簿，英华出如平时。其家母妻不安之而归，辉远独在官所，英华时复出现。其来也，香先袭人，辉远不少动心。一日谓辉远曰："君索居于此，妾欲侍巾栉，可乎？而君介然不蒙盼顾，亦木心石腹之人也。"辉远曰："汝宜亟反，毋相接也。"因斋戒具章奏，欲诉于天。是夕复至曰："君毋庸诉我，某无所舍，得一苴身之地，不复出矣。"辉远曰："汝果尔，吾为汝立祠以祀，如何？"华感激而去，自是不复至，辉远越数日亦忘之。时家有素丝数束，一旦其丝悉穿系于窗牖，连绵不可解，辉远因悟曰："吾许汝立祠而渝约矣，即为汝谋之。"乃于厅事之偏室，塑像以祠香火。明日，其丝悉已成束，若不经手者，其怪遂绝。予旧闻斯事，后见处州士人所说悉同，意其为草木之妖也。

庞寅孙待制一女有容色，适毗陵胡道修，甚雍睦。数年后，道修每夜即有一妇人来同寝，庞或闻其语言，数诘问之，道修笑而不答。一夜，道修先就枕，庞牵幔欲入，其人自帐中出，姿容妍丽，自顾己不若也。庞亦不惧，道修曰："子见之否？不必怒也，我与尔同往访之。"恍惚与道修同至一处，如王侯第，帘幕华焕，廊庑间悬琉璃灯，光彩夺目。道修与庞方携手而行，上堂有一人自屏后来，乃向帐中所出之人也。道修、庞走从之，相挽而去，已而对饮堂上。庞愤之，亟欲走归，顾门宇悉闭镝。仓皇至一处，见有断垣，乃大呼，逾之而出，恍然而寤，盖梦也。明日，道修曰："昨宵尔胡不少留，乃怒而遁耶？"自尔无可奈何。时寅孙任发运使，乃具舟楫迎其女并婿至真州就医，召一道士，能使物治病，俾令治之。道士以一木版一钉付庞，戒令伺道修咳声，即以钉钉其版。如其言钉之，道修大叫曰："是甚道理！"遉来夺之。庞惧为所得，掷版于河中。时寅孙有馆客在后舟见之，即以手招之，其版遂流至船边。馆客取之，拔去其钉，道修大笑，道士怅惋而去，卒不可疗。乃复归毗陵，不复为怪也。一日，道修谓庞曰："来日有人携一女子来求售，可为我得之，慎勿靳其直而失之也。"明日，果有一老媪携一村女来，寝陋可骇。道修见之喜曰："是矣。"乃以数千得之。道修自是嬖惑此婢甚欢，而向之人不复至矣。盖是怪依附此婢之体，而道修见之乃向之人耳。庞竟离归。道修与此婢生男女数人，亦无他怪。待制之犹子温孺润甫言，后问之胡氏，信然。

宣和间朱勔应奉进为节度使，子汝贤庆阳军承宣使，汝功静江军承宣使，汝文阁门宣赞舍人，弟勐阁门宣赞舍人，汝翼朝奉大夫直龙图阁，汝舟明州观察使，汝楫华州观察使，汝明荣州刺史，孙绤、绎、约、绚、纬、绶并阁门宣赞舍人，绰、绅并阁门祗候。一时轩裳之盛，未之有也。靖康之初，籍其家并追夺，悉窜岭外。

蔡君谟作福守日，有一书生投诗来谒云："远入青青叠叠峰，峰前真宰读书宫。半岩冷落高宗雨，一枕凄凉吉甫风。烟锁豹眠闲雾露，井凋凤宿旧梧桐。九龙山下英雄气，尽属君家世胄中。"君谟异之，寻令人伺其所归。至一山下忽不见，四顾无人，唯一社屋尔，意其社神也。

王荆公女适吴丞相之子封长安县君者，能诗。尝见亲族妇女有服者，带白罗系头子者，因戏为诗云："香罗如雪缕新裁，惹住乌云不放回。还似远山秋水际，夜来吹散一枝梅。"其姑丞相鱼轩李氏侍从徐宥之女也，亦能文，有诗云："絮如柳陌三春雨，花落梨园一笛风。百尺玉楼帘半卷，夜深人在水晶宫。"皆妇人有才思者，可喜也。

邦基从伯康孙字曼老，时彦榜高科。宰溧阳日，晨有道士来谒，授以药二粒，且以橡栗四十枚付之，戒曰："此去千日当有大厄，宜封识如法，勿令妾妇见之，庶缓急可为备。"后至扬州，遇母舅钱勰穆父携二侍姬来，偶探药囊而未及取。寻而得疾，取药无有矣。计其时正三年，竟不起云。

宣和戊戌冬，予道由颍昌之汝坟驿，壁间得廖正一明略手题三诗,其一云:"阿怜二十颇有余,秀眉丰颊冰琼肤。无端欲作商人妇,更枉方寻海畔夫。"其二云:"阿梅笄岁得同欢,懊恼情深解梦兰。莺语轻清花里话,柳条弱嫩掌中看。"其三云:"淮源距襄阳,亭候逾十舍。征鞍背绣帷,云雨虚四夜。双艳尽倾城,一姝偏擅价。独怒蕙心轻,误许商人嫁。"初不晓其意。是年至唐州外氏家,因举是诗,邦人任喻义可云:顷年明略与郡之二营妓往来,情好甚笃,其一小字怜怜,其一名梅。时怜怜将为大贾所纳。明略既去,道过汝坟作诗,盖有所感也。怜怜竟随贾去。"方寻海畔夫",用海上有逐臭之夫事讥之也。

　　禁中旧有鸭脚子四本,俗谓之银杏,大皆合抱。其三在翠芳亭之北,岁收实至数斛,而所托阴隘,无可临赏之所;其一在太清楼之东,得地显敞,可以就赏而未尝著花也。裕陵尝临观而兴叹,以为事有不能适人意者如此。越明年,一枝遂花,而结实至十余,莹大可爱。裕陵大悦,命宴太清楼赏之,分赐禁从有差。迨次年,则不复花矣。中官带御器械石璘者,老于禁掖供奉,常为何正臣去非言之。正臣尝记是事,且谓:凡草木之华实,盖有常性。人主者为起一念,乃能感格穹壤,使阴阳造化之功,为之巧顺曲从,以适其一时之所欲。岂为天子者,凡一言动致穹高之鉴听若影响之速耶?由是观之,为人上者,使有宋景公之言,时发于诚心,则召应岂俟终日哉!正臣所论如此。邦基尝以正臣之子遗子楚见其手书,因复记之。

　　翟三丈公巽,少年侍龙图,出守会稽时,尝赋《猩猩毛笔诗》,其奇妙。何去非次韵和之云:"貌妍足巧语,躯恶招歇欤。赋形共人兽,宁脱荆榛居。肉尝登俎鼎,饷馈传甘腴。失计堕醉乡,颠踬无与扶。柔毫傅束缚,航海归仙癯。浴质逸少池,摛藻知章湖。杀身固有用,赋芋从众狙。坐令宣城工,无复夸栗须。宣城出栗鼠须笔。文房甲四宝,万兔惭蒙肤。数管友十年,闭门赋《三都》。之子信豪迈,嗜学每致劬。未冠游胶庠,已推经行儒。蓬山天禄阁,峥嵘凌碧虚。期予早登蹑,同舍校鲁鱼。"公巽之诗,恨未见,有《绿毛龟诗》,皆少年所作也。

　　予在四明时,舶局日同官司户王璪粹昭,郡檄往昌国县宝陀山观音洞祷雨,归为予言宝陀山去昌国两潮,山不甚高峻,山下居民百许家,以鱼盐为业,亦有耕稼。有一寺,僧五六十人。佛殿上有频伽鸟二枚,营巢梁栋间,大如鸭颏。毛羽绀翠,其声清越如击玉。每岁生子必引去,不知所之。山有洞,其深罔测,莫得而入。洞中水声如考数百回鼓鼙,语不相闻。其上复有洞穴,日光所射,可见数十步外,菩萨每现像于其中。粹昭既致州郡之命,因密祷愿有所睹。须臾见栏楯数尺,皆碧玉也,有刻镂之文,为□路如世间宫殿所造者;已而复现纹如珊瑚者亦数尺,去人不远,极昭然也。久之,于深远处见菩萨像,但见下身如腰,而上即晦矣,白衣璎珞,了了可数,但不见其首。寺僧云:顷有见其面者,乃作红赤色,今于山上作塑像,正作此色,乃当时所现者。三韩外国诸山在杳冥间,海舶至此,必有祈祷。寺有钟磬铜物,皆鸡林商贾所施者,多刻彼国之年号,亦有外国人留题颇有文采者。僧云:祷于洞者,所视之相多不同,有见净瓶者、璎络者、善财者、桥梁者,亦有无所睹者。洞前大石下有白玉晶莹,谓之菩萨石。粹昭平生倔强,至是颇信向云。

唐人诗行役异乡怀归感叹而意相同者,如贾岛云:“客舍并州已十霜,归心日夜忆咸阳。无端更渡桑乾水,却望并州是故乡。”窦巩云:“风雨荆州二月天,问人初顾峡中船。西南一望云和水,犹道黔南有四千。”柳宗元云:“林邑山联瘴海秋,牂牁水向郡前流。劳君更问龙池地,正北三千到锦州。”李商隐云:“君问归期未有期,巴山夜雨涨秋池。何时共翦西窗烛,却语巴山夜雨时。”皆佳作也。

段承务者,医术甚精,贵人奏以不理选受恩泽,居宜兴,非有势力者不能屈致。翟公巽参政居常熟,欲见之,托平江守梁仲谟尚书邀之始来。乃日平江一富人病,求段医。段曰:“此病不过汤剂数服可愈,然非五百千钱为酬不可。”其家始许其半,段拂衣而去,竟从其请。复以五十星为药资,段复求益,增至百星始肯出药。果如其说而差。段载其所获而归,中途夜梦一朱衣曰:“上帝以尔为医而厚取贿赂,殊无济物之心,命杖脊二十。”敕左右牵而鞭之。既寤,犹觉脊痛。令人视之,有捶痕,归家未几而死。

东坡性喜饮,而饮亦不多。在黄州尝以蜜为酿,又作《蜜酒歌》,人罕传其法。每蜜用四斤炼熟,入熟汤相搅,成一斗,入好面曲二两,南方白酒饼子米曲一两半，捣细，生绢袋盛，都置一器中，密封之，大暑中冷下，稍凉温下，天冷即热下，一二日即沸，又数日沸定，酒即清可饮。初全带蜜味，澄之半月，浑是佳酎。方沸时，又炼蜜半斤，冷投之尤妙。予尝试为之，味甜如醇醪，善饮之人，恐非其好也。

苏子由在政府，子瞻为翰苑。有一故人与子由兄弟有旧者，来干子由，求差遣，久而未遂。一日，来见子瞻，且云："某有望内翰，以一言为助。"公徐曰："旧闻有人贫甚，无以为生，乃谋伐冢，遂破一墓，见一人裸而坐曰：'尔不闻汉世杨王孙乎？裸葬以矫世，无物以济汝也。'复凿一冢，用力弥艰。既入，见一王者曰：'我汉文帝也，遗制：圹中无纳金玉，器皆陶瓦，何以济汝？'复见有二冢相连，乃穿其在左者，久之方透。见一人曰：'我伯夷也，瘠羸面有饥色，饿于首阳之下，无以应汝之求。'其人叹曰：'用力之勤，无所获，不若更穿西冢，或冀有得也。'瘠羸者谓曰：'劝汝别谋于他所。汝视我形骸如此，舍弟叔齐岂能为人也？'"故人大笑而去。

梅挚公仪龙图，景祐初，以殿中丞知昭州，昭号二广烟瘴水土恶弱处。公常为说，其略云：仕亦有瘴，急催暴敛，剥下奉上，此租赋之瘴也；深文以逞，良恶不白，此刑狱之瘴也；侵牟民利，以实私储，此货财之瘴也；盛拣姬妾，以娱声色，此帷簿之瘴也。有一于此，民怨神怒，安者必疚，疚者必殒，虽在辇下，亦不可免，何但远方而已。仕者或不自知，乃归咎于土瘴，不亦谬乎？予读此方，慨然有感，莅仕者当书于座右，亦可为训也。

世谓子瞻诗多用小说中事，而介甫诗则无有也。予谓介甫诗时为之用，比子瞻差少耳。如《酬王贤良松诗》云："世传寿可三松倒，此语难为常人道。"寿倒三松，见裴铏《传奇》。《春日郊步》云："兴尽无人楫迎汝，却随倦鹊归邻春。"楫迎汝，见古乐府王献之《桃叶歌》。《金陵西斋诗》云："黄奴三倒频璃树，小砑红绫斗诗句。"小砑红绫，见《大业拾遗》。《舒州》云："巫祝方说茶不救，只疑天赐雨工闲。"雨工，见《洞庭灵怪传》。

徽庙见研石有纹如眉者，谓之眉子石，东坡常作《眉子石研歌》，极有连蜷弯环可爱者。东海宫声应中有一砚，尉氏孙宗鉴少魏舍人为作铭："襄城愁，京兆妩，北窗散黛，东家翠羽。棱棱笔锋，与此等伍，胡不类子，英气妙语。"又曰："夕锋既去，碧落方暮。澹疏星之微明，横青霞之数缕。想象沉寥，夷犹毫楮。俾子之文，万丈轩翥。"梁冀妻孙寿封襄城君，作《愁眉啼妆诗》云："北窗朝向镜，锦帐复斜萦。娇羞不肯出，犹言妆未成。散黛随眉广，胭脂逐脸生。试将持出众，定得可怜名。"宋玉《好色赋》："东家之子，眉如翠羽。"用斯事也。

杜子美有《忆郑南玭诗》云："郑南伏毒守，潇洒到天心。"殊不晓伏毒守之义。守当作寺，按《华州图经》有伏毒寺，刘禹锡外集有"贞元中侍郎舅氏牧华州时，予再忝科第，前后由华觐诸陪登伏毒岩"，今世行本皆作守，误也。

卷六

　　本朝能书，世推蔡君谟，然得古人玄妙者，当逊米元章，米亦自负如此。尝有《论书》一篇，及《杂书》十篇，皆中翰墨之病。用鸡林纸书赠张太亨嘉甫，盖米老得意书也。今附于此。

　　《论书》云：历观前贤论书，征引迂远，比况奇巧，如龙跳天门，虎卧凤阙，是何等语？或遣辞求工，去法愈远，无益学者。故吾所论，要在人人，不为溢辞。吾书小字行书，有如大字，惟家藏真迹跋尾，间或为之，不以与求书者。心既注之，随意落笔，皆得自然，备其古雅。壮岁未能立家，人谓吾书为集古字，盖取诸家长处，总而成之。既老始自成家，人见之不知以何为祖也。江南吴峣、登州王子韶，大隶题榜有古意，吾小儿尹仁大隶题榜与之等。又幼儿尹知代吾名书碑，及手书大字，更无辨。门下许侍郎尤爱其小楷，云每小简可使令嗣书之，谓尹知也。老杜作《薛稷惠普寺诗》云："郁郁三大字，蛟龙岌相缠。"今有石本，得而视之，乃是勾勒倒收，笔锋画画如蒸饼，普字如人握两拳，伸臂而立，丑怪难状。以是论之，古无真大字明矣。葛洪天台之观飞白为大字之冠，古今第一。欧阳询道林之寺，寒俭无精神。柳公权国清寺大小不相称，费尽筋骨。裴休率意写碑，乃有真趣，不陷丑怪。真字甚易，惟有体势难为，不如画笔匀而势活也。字之八面，惟尚真楷见之，大小各自有分。智永有八面，已少钟法，丁道护、欧、虞始匀，古法亡矣。柳公权师欧，不及远甚，而为丑怪恶札之祖。自柳世始有俗书。唐官告在世，为褚、陆、徐峤之体，殊有不俗者。开元以来，缘明皇字体肥俗，始有徐浩以合时君所好。经生字亦自此肥。开元以前古气，无复有矣。唐人以徐浩比王僧虔，甚失当。徐浩大小一伦，是犹吏楷也。僧虔、萧子云传钟法，与子敬无异，大小各有分，不一伦。徐浩为真卿辟客，书韵自张颠血脉来，教颜大字促令小，小字展令大，非古也。石刻不可学，但自书使人刻之，已非己书也，故必须真迹观之乃得趣。如颜真卿每使家僮刻字，不会主人意，修改波撇，致大失真。惟吉州庐山题名，题讫而去，后人刻之，故皆得其真，无做作凡俗差佳，乃知颜出于褚也。又真迹皆无蚕头燕尾之笔，与《郭知运争坐位》帖，有篆籀气，颜杰思也。柳出欧阳，为恶丑怪札之祖，自此世人始有为俗书，盖缘时君所好。其弟公绰乃不俗于其兄。筋骨之说出于柳。世人但以怒张为筋骨，不知不怒张自有筋骨。凡大字要如小字，小字要如大字，唯褚遂良小字如大字，其后经生祖述，间有造妙者。大字如小字，未之见也。世人多写大字时用力捉笔，字愈无筋骨神气，作圆笔如蒸饼，大可鄙笑。要须如小字，锋势备全，都无刻意做作乃佳。自古及今，余不敏实得之。榜字固已满世，自有识者知之。石曼卿作佛号，都无回互转折之势，小字展令大，大字促令小，是张颠教颜真卿谬论。盖字自有大小相称。且如写太一之殿，作四窠分，岂可将一字肥满一窠，以对殿字乎？盖自有相称大小，不当展促也。予尝书天庆之观，天之二字皆四笔，庆观多画在下，各随其相称写之，挂起气势自带过，皆如大小一般，虽真有飞动之势也。书至隶与大篆，古法大坏矣。篆籀各随字形大小，故百物之状，活动圆健，各各自足。隶乃始有展促之势，而三代法亡矣。

其《杂书》十篇云：欧、虞、褚、柳、颜，皆一笔书也，安排费工，岂能垂世？李邕脱子敬体，乏纤浓。徐浩晚年用力过，更无气骨，不如作郎官时婺州碑也。董孝子不空，皆晚年恶札，全无妍媚。此自有识者知之。沈传师变格，自有超世真轨，徐不及也。御史萧诚书太原题名，唐人无出其右，为司马系南岳真君观碑，极有钟王轨辙，余皆不及矣。智永临集书《千文》，秀润圆劲，八面具备，有真迹自颠沛字起，在唐林夫处，他人收不及也。

半山庄台上故多文公书，今不知存否。文公学杨凝式书，人少知之。予语其故，公大赏其见鉴。

金陵幕山楼台榜乃阅蔚宗二十年前书，想六朝宫殿榜皆如是。智永砚心成臼，乃能到右军；若穿透，始到钟繇也，可不勉之！

一日不书便觉思涩，想古人未尝片时废书也。因思苏之才《桓公至洛帖》，字字用意相钩连，非复便一笔至到底也。若旋安排，即亏活势耳。

字要骨格，肉须裹筋，筋须藏肉贴，乃秀润生。布置稳不俗，险不怪，老不枯，润不肥，变态贵形不贵苦，苦生怒，怒生怪，贵形不贵作，作入画，画入俗，皆字病也。

颜鲁公行字可教，真便入俗品万等。古人书不如此学。吾家多小儿，作草字，大段有意思。

"少成若天性，习惯如自然"，兹古语也。吾梦古衣冠人授以摺纸，书法自此差进，写与他人却不晓。蔡元度见而惊曰："法何太遽异耶？"此公亦具眼人。章子厚以真自名，独称吾行草，欲吾书如排箅子，然真草须有体制，乃佳耳。

薛稷书慧普寺，老杜以谓"蛟龙岌相缠"。今见其本，乃如奈重儿抬蒸饼势，信老杜不能书也。学书须得趣，他好俱忘乃入妙；别为一好萦之，便不工也。

海岳以书学士召对，上问本朝以书名世者凡数人，海岳各以其人对曰："蔡京不得笔，蔡卞得笔而少逸韵，蔡襄勒字，沈辽排字，黄庭坚描字，苏轼画字。"上复问："卿书如何？"对曰："臣书刷字。"

予尝谓米公人物英迈，鉴裁精高，翰墨场中，当推独步。平生所书，遍于天下，石刻中如《青州南阳石桥记》、《鄞县京观记》、《无为军天王记》、《涟水军》数碑，皆远追钟、王，宁独今人所难，唐人亦鲜及也。蔡天启为公墓志云：举止颉颃，不能与世俯仰，故仕数困踬。冠服用唐人规制，所至人聚观之。性好洁，置水其旁，数颒而不悦，未尝与人同器。视其眉宇轩然，进趋襜如，音吐鸿畅，虽不识者亦谓其米元章也。云云。此迨实录云。

《松陵唱和》皮日休《新秋即事》云："酒坊吏到常先见，鹤俸符来每探支。"注云："吴都有鹤料案。"殊未详鹤俸之说。曾文彦和，博学之士也，知滁州，有《次韵赵仲美表弟西斋自遣诗》云："谪守凄凉卧郡斋，夫君失意偶同来。海边故国渺何许，城上新楼空几回。宁羡一囊供鹤料，会看千里跃龙媒。清吟未免萦机虑，只恐飞鸥便见猜。"注云："唐幕府官俸谓之鹤料，今岁敕头所得止此。仲美省试下，故云。"彦和用事必有所据，当更考之。又宋宣献有《送黄秘丞倅苏台》云："鹤料署文移，鳌场收赋笋。"此宣献用皮日休所云吴郡事也。

蔡仍子因之妻，九院王家女也。忽患瘵疾，沉绵数年，既死，已就小敛。时上皇宫中闻之，曰："惜其不早以陷冰丹赐之，今虽已死，试令救之。"因命中使驰赐一粒。时息气已绝，乃强灌之。须臾遂活，数日后而安，但齿皆焦落，后十五年方死。

宋景文公诗曰："蟹美持螯日，鲈甘抑鲊天。"用杨渊《五湖赋》云："连瓶抑鲊。"

蔡丞相確持正，常有治命遗训云："吾没之后，敛以平日闲居之服，棺但足以周衣衾，作圹不得过楚公，葬时制。棺前设一坐，陈瓦器，以衣衾巾履数事及笔砚置左右。自初敛至于祖载襄葬，悉从简质，称吾平生。毋烦公家，毋干恩典，毋受赙遗，毋求人作埋铭神道碑二处，但刻石云'宋清源蔡某墓'，而纪葬之岁月于其旁可矣。夫达人君子，安于性命之际而不忧，穷乎死生之变而不惑，超然自得，与道消息，生以形骸为寓，死奚丘陇之念哉！吾虽鄙薄，亦粗闻大道之方矣，欲效杨王孙与沐德信，则必伤汝曹之意，又干矫俗之称，故命送终聊为中制，将使子孙近者视吾藏足以无憾；远尚及见吾墓道之石，足以伸敬，如是而已。汝曹其遵吾言，慎忽易也。"其字画清劲，高如六朝人书，其言可法也。又有《杂书》一篇云：楚公时少年读书于石梯山精舍，布衣蔬食，志趣超然。其仕虽不达，以清名直气闻士大夫间。陈恭公孙威敏公皆嗟叹公所为，每为公言。颍川陈氏，公惭卿，卿惭长，以德不以位也。在建阳八年，去日不赍一串茶。邑人思公，至今不衰。致仕居贫，以席蔽户，诵咏犹不倦。其清白淳亮，甘贫乐道，汝曹能使人谓真楚公之子孙，则善矣。楚公名黄裳，故任太子右赞善大夫致仕，忠怀公之父也。

文潞公为相日，赴秘书省曝书宴，令堂吏视阁下芸草，乃公往守蜀日，以此草寄植馆中也。因问蠹出何书，一坐默然。苏子容对以鱼豢《典略》，公喜甚，即借以归。

王师取青唐时，大军始集下寨，治作壕堑，凿土遇一圹，得一琉璃瓶，莹彻如新，瓶中有大髑髅，其长盈尺，瓶口仅数寸许，不知从何而入。主帅命复瘞之，斯亦异矣。

近世墨工多名手，自潘谷、陈赡、张谷名振一时之后，又有常山张顺、九华朱觐、嘉禾沈珪、金华潘衡之徒，皆不愧旧人。宣政间，如关珪、关琪、梅鼎、张滋、田守元、曾知唯，亦有佳者。唐州桐柏山张浩，制作精致，妙法甚奇。舅氏吴顺图，每岁造至百斤，遂压京都之作矣。前日数工所制，好墨者往往韬藏，至今存者尚多。予旧有此癖，收古今数百笏，种种有之。渡江时为人疑箧之重，以为金玉，窃取之，殊可惜也。今尚余一巨挺，极厚重，印曰"河东解子诚"；又一圭印曰"韩伟昇"，胶力皆不乏精采，与新制敌，可与李氏父子甲乙也。士大夫留意词翰者，往往多喜收蓄，唯李格非文叔独不喜之。尝著《破墨癖说》云：客有出墨一函，其制为璧为丸为手握，凡十余种，一一以锦囊之。诧曰：昔李廷珪为江南李国主父子作墨，绝世后二十年，乃有李承晏，又二十年有张遇，自是墨无继者矣。自吾大父始得两丸于徐常侍铉，其后吾父为天子作文章书碑铭，法当赐黄金，或天子宠异，则以此易之。余于是以两手当心，捧砚惟谨，不敢议真赝。然余怪用薛安潘谷墨三十余年，皆如吾意，不觉少有不足，不知所谓廷珪墨者，用之当何如也。他日客又出墨，余又请其说甚辨，余曰：嘘，余可以不爱墨矣。且子之言曰：吾墨坚可以割。然余割当以刀，不以墨也。曰：吾墨可以置水中再宿不腐。然吾贮水当以盆罂，不用墨也。客复曰：余说未尽，凡世之墨不过二十年，胶败辄不可用，今吾墨皆百余年不败。余曰：此尤不足贵，余墨当用二三年者，何苦用百年墨哉？客辞穷，曰：吾墨得多色，凡用墨一圭，他墨两圭不迨。余曰：余用墨每一二岁不能尽一圭，往往失去乃易墨，何尝苦少墨也！唯是说刷碑印文书人，乃常常少墨耳。客心欲取胜，曰：吾墨黑。余曰：天下固未有白墨。虽然，使其诚异他墨，犹足尚；乃使取研屏人杂错以他墨书之，使客自辨，客亦不能辨也。因恚曰：天下奇物，要当自有识者。余曰：此正吾之所以难也。夫碔砆之所以不可以为玉，鱼目之所以不可以为珠者，以其用之才异也。今墨之用在书，苟有用于书，与凡墨无异，则亦凡墨而已焉，乌在所宝者？嗟乎，非徒墨也，世之人不考其实用而眩于虚名者多矣，此天下寒弱祸败之所由兆也，吾安可以不辨于墨。文叔词翰之好，乃不喜于墨，此不可晓，故并载之。

　　近时士大夫学佛者，不行佛之心而行佛之迹者，皆是谈慈悲而行若蜂蚕，乃望无上菩提，吾之未信。梁武帝之奉佛，可谓笃矣，至舍身为寺奴，宗庙供面牲；乃筑浮山堰，灌寿春，欲取中原，一夕而杀数万人，其心岂佛也哉！

扬州吕吉甫观文宅，乃晋镇西将军谢仁祖宅也。在唐为法云寺，有双桧存焉，犹当时物也。刘禹锡有诗云："双桧苍然古貌奇，含烟吐雾郁参差。晚依禅客当金殿，初对将军映画旗。龙象界中成宝盖，鸳鸯瓦上出高枝。长明灯是前朝焰，曾照青青年少时。"吉甫家居时，桧尚依然。李之仪端叔用梦得诗韵云："故迹悲凉古木奇，相公庭下蔚相差。霜根半露出林虎，画影全舒破贼旗。宝界曾回铺地色，节旄远映插云枝。刘郎风韵知谁敌，儒帅端能表异时。"建炎兵火，树遂亡矣。予后到乡里，访其遗迹，不可得矣。

李端叔云：《乐毅论》，高绅为湖北转运使，道中闻砧声清远，因视之，乃《乐毅论》石刻覆于下也，而已断裂矣。遂载归，完理缉缀，楗以木箱，所可辨者如此。故世之传布，皆止于海字，则其碎而不可缉者，良可惜也。端叔之说如是。予又尝见一本在章申公家，闻今尚存，是唐人临本，不知即高绅所得者否，或别本也。

白乐天作《长恨歌》，元微之作《连昌宫词》，皆纪明皇时事也。予以为微之之作，过白乐天之歌。白止于荒淫之语，终篇无所规正。元之词乃微而显，其荒纵之意皆可考；卒章乃不忘箴讽，为优也。其词有云："上皇正在望仙楼，太真同凭栏杆立。楼上楼前尽珠翠，炫转荧煌照天地。"又云："初过寒食一百六，店舍无烟宫树绿。夜半月高弦索鸣，贺老琵琶定场屋。力士传呼觅念奴，念奴潜伴诸郎宿。须臾觅得又连催，特敕街中许然烛。"又云："飞上九天歌一声，二十五郎吹管逐。逡巡大遍凉州彻，色色龟兹轰录续。李謩擪笛傍宫墙，偷得新翻数般曲。"又云："平明大驾发行宫，万人鼓舞途路中。百官队仗避岐薛，杨氏诸姨车斗风。明年十月东都破，御路犹存禄山过。"云云。禄山以天宝十四载反于渔阳，陷东京，则幸连山时，乃十三载也。巡幸而诸弟诸姨悉扈从，百司供顿亦扰矣。念奴，名妓也。帝岁幸华清，时巡东洛，有司潜遣随行，以备宣唤。而每为诸王所邀致，方寒食大禁，而中夜宫中张乐不已，声闻于外。遣中官传呼，追觅念奴，特呼然烛于街衢,呼叫于静夜,皆不可以训。既终夕喧乐,黎明,六飞又复西去,王者慎动,当如是乎?此诗深讥其荒淫无度也。是岁帝年七十一,而太真年三十六矣。然考之本纪,十三载乃无幸洛之事,岂史逸耶?微之去天宝不远,必不凿空而云也。李暮㩧笛字,《玉篇》云:㩧,乌协切,指按于笛而云㩧,此字之妙也。

世俗以"阿阿""则则"为叹息之声,李端叔云:楚令尹子西将死,家老则立子玉为之后,子玉直则则,于是遂定。昭奚恤过宋,人有馈麑肩者,昭奚恤阿阿以谢。尔后"阿阿""则则"更为叹息声,常疑其自得于此。

李文叔常有《杂书》论左、马、班、范、韩之才云:司马迁之视左丘明,如丽倡黠妇,长歌缓舞,间以谐笑,倾盖立至,亦可喜矣。然而不如绝代之女,方且却铅黛,曳缟纻,施帷幄,裴徊微吟于高堂之上,使淫夫穴隙而见之,虽失气疾归,不食以死,而终不敢意其一启齿而笑也。班固之视马迁,如韩魏之壮马,短鬣大腹,服千钧之重,以策随之,日夜不休,则亦无所不至矣。而曾不如骙骙之马,方且脱骧逸驾,骄嘶顾影,俄而纵辔一骋,千里即至也。范晔之视班固,如勤师劳政,手眂簿版,口倦呼叱,毫举缕诘,自以为工,不可复加,而仅足为治。曾不如武健之吏,不动声色,提一二纲目,群吏为之趋走,而境内晏然也。韩愈之视班固,如千室之邑,百家之聚,有儒生崛起于蓬荜之下,诗书传记,锵锵常欲鸣于齿颊间,忽遇夫奕世公卿,不学无术之子弟,乘高车,从虎士而至,虽顾其左右,偃蹇侮笑,无少敬其主之容,虽鄙恶而体已下之矣。又文叔尝《杂书》论文章之横云:余尝与宋遐叔言《孟子》之言道,如项羽之用兵,直行曲施,逆见错出,皆当大败,而举世莫能当者,何其横也!左丘明之于辞令亦甚横。自汉后千年,唯韩退之之于文,李太白之于诗,亦皆横者。近得眉山《筼筜谷记》、《经藏记》,又今世横文章也。夫其横乃其自得而离俗绝畦径间者,故众人不得不疑,则人之行道文章,政恐人不疑耳。

七言绝句,唐人之作,往往皆妙。顷时王荆公多喜为之,极为清婉,无以加焉。近人亦多佳句,其可喜者不可概举。予每爱俞紫芝秀老《岁杪山中》云:"石乱云深客到稀,鹤和残雪在高枝。小轩日午贪浓睡，门外春风过不知。"舒亶信道《村居》云："水绕陂田竹绕篱，榆钱落尽槿花稀。夕阳牛背无人卧，带得寒鸦两两归。"崔鶠德符《秋日即事》云："秋草门前已没靴，更无人过野人家。离离疏竹时闻雨，淡淡轻烟不隔花。"又《黄州道中》云："莫愁微雨落轻云，十里长亭未垫巾。流水小桥山下路，马头无处不逢春。"刘次庄中叟《桃花》云："桃花雨过碎红飞，半逐溪流半染泥。何处飞来双燕子，一时衔在画梁西。"僧如璧德操《偶成》云："松下柴门昼不开，只有蝴蝶双飞来。蜜蜂两脾大如盌，应是山前花又开。"吴可思道《病酒》云："无聊病酒对残春，帘幕重重更掩门。恶雨斜风花落尽，小楼人下欲黄昏。"又《春霁》云："南国春光一半归，杏花零落淡胭脂，新晴院宇寒犹在，晓絮欺风不肯飞。"赵士揿才孺《登天清阁》云："夕阳低尽已西红，百尺楼高万里风。白发年年何处得，只应多在倚栏中。"李慰去言《春晚》云："花瘦烟羸可奈何，不关渠事鸟声和。无人扫地惊风在，分付轻红上碧莎。"赵鬷之子雍《春日》云："拂床欹枕昼初长，好梦惊回燕语忙。深竹有花人不见，直应风转得幽香。"曾纾公衮《江樾轩书事》云："卧听滩声瀄瀄流，冷风凄雨似深秋。江边石上乌桕树，一夜水长到梢头。"胡直孺少汲《春日》云："风云吹絮柳飞花，睡起钩帘日半斜。四海随人双燕子，相逢处处作生涯。"曾绎仲成《还家途中》云："疏林残岭起昏鸦，腊尽行人喜近家。江北江南春信早，傍篱穿竹见梅花。"刘无极希颜《漾花池》云："一池春水绿如苔，水上新红取次开。闲倚东风看鱼乐，动摇花片却惊猜。"王铚性之《山村》云："家依溪口破残村，身伴渡头零落云。更向空山拾黄叶，姓名那有世人闻。"陈与义去非《秋夜》云："中庭淡月照三更，白露洗空河汉明。莫遣西风吹叶落，只愁无处着秋声。"如此之类甚多，不愧前人。

东坡作《梅花词》云："高情已逐晓云空，不与梨花同梦。"注云："唐王建有《梦看梨花云诗》。"予求王建诗，行世甚少，唯印行本一卷，乃无此篇。后得之于晏元献《类要》中，后又得建全集七卷，乃得全篇。题云《梦看梨花云歌》："薄薄落落雾不分，梦中唤作梨花云。瑶池水光蓬莱雪，青叶白花相次发。不从地上生枝柯，合在天头绕宫阙。天风微微吹不破，白艳却愁春浣露。玉房彩女齐看来，错认仙山鹤飞过。落英散粉飘满空,梨花颜色同不同。眼穿臂短取不得,取得亦如从梦中。无人为我解此梦,梨花一曲心珍重。"或误传为王昌龄,非也。

《瘗鹤铭》,润州扬子江焦山之足石岩下,惟冬序水退,始可模打。世传以为王逸少书,然其语不类晋人,是可疑也。欧阳永叔以为华阳真逸乃顾况之道号,或是况所作,然亦未敢以为然也。予尝以穷冬至山中,观铭之侧,近复有唐王瓒刻诗一篇,字画差小于《鹤铭》,而笔势八法,乃与《瘗鹤》极相类,意其是瓒所书也。因模一本以归,以示知书者,亦以为然。其题云《冬日与群公泛舟此山》:"江水初不冻,今年寒复迟。众芳且未歇,近腊仍裌衣。载酒适我情,兴来趣渐微。方舟大川上,环酌对落晖。两片青石棱,波际无因依。三山安可到,欲到风引归。沧溟壮观多,心目豁暂时。况得穷日夕,乘槎何所之。谪丹阳功曹掾王瓒。"今此刻亦渐漫漶,尚可读也。有好事者,当试求之,以验予言之或是也。

应劭《汉官仪》曰:"周泽为太常斋,有疾,其妻怜其年老,窥内问之。泽大怒,以为干斋,遂收送诏狱自劾。论者讥其诡激,时谚云:生世不谐为太常妻,一岁三百六十日,三百五十九日斋,一日不斋醉如泥。"予观稗官小说,乃得其说云:南海有虫无骨,名曰泥,在水则活,失水则醉,如一堆泥然。后又读《五国故事》云:伪闽王王延庆为长夜之饮,因醉屡杀大臣,以银叶作杯,柔弱为冬瓜片,名曰醉如泥。酒既盈,不可置杯,唯尽乃已。盖取此义也。

韩维持国诗格甚奇,如《寄范德儒》云:"睥睨峰高回过雁,琵琶宵寂语流莺。"《和兄康公罢相》云:"移病早休丞相笔,坐谈犹着侍臣冠。"《和曾存之》云:"自愧效陶无好语,敢烦凌杜发新章。"皆佳句也,恨世少传者。

曾诚存之,元符间任馆职,尝与同舍诸公饮王诜都尉家。有侍儿辈侍香求诗求字者,以烟浓近侍香为韵。存之得浓字,赋诗云:"俯仰佳人看墨踪,和研亲炷宝熏浓。诗情过笔当千里,妙思凝香欲万重。山盎泄云倾白酒,越罗沾露浥黄封。从来粉黛宜灯烛,妙手凭谁写醉容。"又有《七夕王都尉邀同舍置酒听琵琶诗》云:"宝槛凌云结绮高,小食争巧暮分曹。春葱细拈龙香拨，秀颈偏明逻逤槽。牛既写形呈粗粦，马军驰酒送蒲萄。泪珠散作人间露，最觉更阑润锦绦。"道山学士尚与贵戚驸车过从宴饮，真太平盛事也，其后禁之。诜元丰中坐与子瞻交结，尝窜均州矣。后复与诸名士游，盖风流好事，不忘于情，宁获谴戾，是可尚也。故事：西京每岁贡牡丹花，例以一百枝，及南库酒赐馆职，韩子苍去国后尝有诗云："忆将南库官供酒，共赏西京敕赐花。白发思春醒复醉，岂知流落到天涯。"

衢州厅事下旧有土势隆起，箓本丛生，相传云古冢也。旧有碑，其文云："五百年刺史，为吾守墓。"以此前后相承，皆畏而不敢慢。绍圣元年，齐安孙贲公素为守，问之，左右以是对。公命毁去之，官吏大恐，阖府叩头以谏。公曰："藉令土中有贤者骨，当以礼法迁之。"乃为文自祭而除之，厮深丈余，了无他异。但有二石峰，长五六尺，坚瘦泔润。又有大木之根，蟠踞其下，群疑遂定。石上有刻云："乾符五年五月三日安于此。押衙徐讽龙山起此石处得二石，刺史季□题。"又刻云："开宝七年，重叠峨嵋山于厅事前，于郡斋文会阁移季公之石，安置于此。刺史慎知礼题。"时公素方修州治南韶光园，重建清冷台，堂成，乃移二石于堂下，名曰双石。嗟乎，慎公移石，去季公之得石凡九十七年；公素之破疑冢出石，去慎公又一百二十一年。物之显晦，抑自有数，第不知峨嵋之废乃冒冢之名自何时也。公素一旦戏笑为之，遂释千百年之惑。张芸叟有诗云："芝兰虽好忌当门，何况庭前恶土墩。畚锸才兴双剑出，狐狸尽去老松蹲。百年守冢真堪笑，一日开轩亦可尊。安得掷从天外去，成都石笋至今存。"公素可谓刚毅正直自信之君子也。

卷七

西施，美人也，三尺童子皆知其为越献于吴以亡吴也。《吴越春秋》云：越王使相者得苎萝山鬻薪之女，曰西施、郑旦，饰以罗縠，教以容步，而献于吴。《庄子》曰：西施病心而矉，其里之丑人见而美之，归亦捧心而矉。《孟子》云：西子蒙不洁，则人皆掩鼻而过之。注云：西子，古之好女西施也。毛嫱，亦美人也。《庄子》云：毛嫱、丽姬，人之所美也，鱼见之而深入，鸟见之而高飞。《释音》注司马彪云：毛嫱，古美女，一云越王美姬也。丽姬，晋献公嬖之以为夫人。崔撰本作西施。又《慎子》云：毛嫱、西施，天下之至姣也。按《左氏传》：越之灭吴。在鲁哀公之二十二年，孟子尝见梁惠王、齐宣王，自鲁哀公之二十二年，至魏惠王之元年，一百四年，至齐宣王之元年，一百三十二年，乃魏惠王之二十九年也。《史记·庄子传》云：名周，与梁惠王、齐宣王同时。则庄子与孟盖一时。慎子，名到，与淳于髡、驺、奭之徒，皆战国时人，亦庄、孟一时也。又《史记·表》：晋献公五年伐骊戎，得骊姬。是岁己酉也，至魏惠王之元年三百七年。若以毛嫱为越王美姬，又与骊姬非同时。而崔撰以骊姬为西施，故以为近。故说者谓庄、孟、慎子所言西施，皆越之献吴者。然予读《管子·小称篇》，有云：毛嫱、西施，天下之美人也，盛怒气于面，不能以为可好。《史记·表》：齐威公小白之元年，丙申也。鲁欲与齐公子纠入，后小白，齐距鲁，生致管仲。是岁至越灭吴，计二百一十三年。而管仲之书，已言毛嫱、西施，是二人者皆前古之人矣。岂越之西施，冒古之美人以为名耶？是有两西施矣。而毛嫱亦非越王之美姬明其。司马彪之注，乃臆说也，当更质于博洽者。

政和间，朝廷求询三代鼎彝器。程唐为陕西提点茶马，李朝孺为陕西转运，遣人于凤翔府破商比干墓，得铜盘，径二尺余，中有款识一十六字。又得玉片四十三枚，其长三寸许，上圆而锐，下阔而方，厚半指，玉色明莹。以盘献之于朝，玉乃留秦州军资库。道君皇帝曰："前代忠贤之墓,安得发掘?"乃罢朝孺,退出其盘。圣德高明有如此者。
不然丘冢之厄,不止此矣。其玉久在秦帑,近年王庶知秦州日,取之
而去。祁宽居之尝见之,为予言之。然予又见刘袤延仲言比干墓在
卫州西山,去城数十里,有汉唐以来碑刻甚多。墓周回数里,生异木,
樛结不可入。而居之言墓在关中,未知何也。真州六合县界有山,四
面平直,曰方山。山之左右多古冢墓,予从甥魏惇绍兴十二三年间任
天长县尉日,有一监司属官过邑,馆于尉司,出一襆物,云昨过方山得
之,出以示惇。皆美玉也。其长三二寸,阔一指许,厚三四分,光润方
正。上有小窍,约百余枚,不知为何物也。惇欲乞其一二枚,属官靳
而不与,且云:"方山民因耕穿一墓获此。"疑其为玉策。以予考之,此
乃两汉以前贵近之墓,所谓珠襦玉匣者,古以敛尸,惟王公则有之耳,
盖与比干墓所获正同尔。

川峡间有一种恶草,罗生于野,虽人家庭砌亦有之,如此间之蒿
蓬也,土人呼为蓹^{音璿}麻。其枝叶拂人肌肉,即成疮疱,浸淫溃烂,
久不能愈。杜子美《除草诗》所谓:"草有害于人,曾何生阻修。其毒
甚蜂虿,其多弥道周。"盖谓此也。刘袤延仲至蜀尝见之。

宣和间,蔡宝臣致君收南唐后主书数轴来京师,以献蔡絛约之。
其一乃王师攻金陵城垂破时,仓皇中作一疏祷于释氏,愿兵退之后,
许造佛像若干身,菩萨若干身,斋僧若干万员,建殿宇若干所。其数
皆甚多,字画潦草,然皆遒劲可爱,盖危窘急中所书也。又有看经发
愿文,自称莲峰居士李煜。又有长短句《临江仙》云:"樱桃结子春归
尽,蝶翻金粉双飞。子规啼月小楼西,玉钩罗幕,惆怅卷金泥。
门巷寂寥人去后,望残烟草低迷。"而无尾句。刘延仲为补之云:"何
时重听玉骢嘶,扑帘飞絮,依约梦回时。"

东坡《四时冬词》云:"真态生香谁画得,玉奴纤手嗅梅花。"每疑
玉奴字殊无意味,若以为潘淑妃小字,则当为玉儿,亦非故实。刘延
仲尝见东坡手书本,乃作"玉如纤手",方知上下之意相贯,愈觉此联
之妙也。

闽广多异花,悉清芬郁烈,而末利花为众花之冠。岭外人或云抹
丽,谓能掩众花也,至暮则尤香。今闽人以陶盎种之,转海而来,浙中

人家以为嘉玩。然性不耐寒，极难爱护，经霜雪则多死，亦土地之异宜也。颜博文持约谪官岭表，爱而赋诗云："竹梢脱青锦，榕叶随黄云。岭头暑正烦，见此萼绿君。欲言娇不吐，藏意久未分。最怜月初上，浓香梦中闻。萧然六曲屏，西施带微醺。丛深珊瑚帐，枝转翡翠裙。譬如追风骑，一抹万马群。铜瓶汲清泚，聊复为子勤。愿言少须臾，对此髯参军。"观此诗则花之清淑柔婉风味，不言可知矣。

京口北固山甘露寺旧有二大铁镬，梁天监中铸。东坡游寺诗云"萧翁古铁镬，相对空团团。坡陀受百斛，积雨生微澜。"是也。予往来数见之，然未尝稽考何物，本为何用也。近复游于寺，因熟观之，盖有文可读，云："天监十八年太岁乙亥十二月丙午朔十日乙卯，皇帝亲造铁镬于解脱仏古佛字。殿前，满漫灭一字。甘泉，种以荷蕖，供养十方一切诸仏。以仏神力，遍至十方，尽虚空界，穷未来际。令地狱苦镬，变为七珍宝池，地狱沸汤，化为八功德水。一切四生，解脱众苦，如莲花在泥，清净无染，同得安乐，到涅槃城。斯镬之用，本在烹鲜，八珍兴染，五味生缠。我皇净照，慈被无边，法喜禅悦，何取又漫一字。檀。爰造斯器，回成胜缘，如含碧水，又漫一字。发经莲，道场供养，永永无边。"其后又云："帅吴虎子近禁道真概怀于佐陈僧圆丞宋又漫一字。令宣令郑休之。"义不可晓，疑当时干造之人耳。又一行云："五十石镬，然形制不能容今之五十石。"盖古之斗斛小也。始知二镬乃当时植莲供养佛之器耳。

李端叔有赠人二小诗，一云："通中玉冷梦偏长，花影笼阶月浸凉。挽断罗巾留不住，觉来犹有去时香。"一云："情随榆荚不胜飘，心似杨花暖欲消。拟借琼林大盈库，约君孤注贿妖娆。"盖有所为也。或云是与当涂杨珠者，博者以胜彩累注数者，至乘败者，唯有畸零不累注数，谓之孤注，故端叔戏云。

韩退之诗云："前计顿乖张，居然见真赝。"《广韵》及《字书》云：赝，五晏切。注：伪物也。东坡《岭外诗》云："茯苓无人采，千岁化虎魄。我岂无长镵，真赝苦难识。"《韩非子》曰：齐伐鲁，索谗鼎，鲁以其赝往。齐曰：雁也。鲁曰：真也。古乃以雁为赝，亦借用也。今人若作真雁，人必笑也。

东坡在黄州，陈慥季常在岐亭，时相往来。季常喜谈养生，自谓吐纳有所得。后季常因病，公以书戏之云：公养生之效有成绩，今又示病弥月，虽使皋陶听之，未易平反。公之养生，正如小子之圆觉，可谓害脚法师鹦鹉禅、五通气球黄门妾也。前辈相与，可谓善谑也。

崇宁二年三月一日，卫州获嘉县民职氏杀猪祭神，而民刘氏猎犬得其弃首骨衔之，狷四日不食。民使其子析之，其左牡齿臼中得肉如拇，谛视之，如来像也。髻有珠如粟，瞑目跊跌，瞳子隐然，庄严毕具，观者万人。晁载之伯宇尝记其事，晁无咎又作赞以称叹之。政和丁酉，予侍亲在真州，时慈受禅师怀深住持资福寺。一日，深老谓先君曰："近赴村落富人家斋，见群犬争衔啮一牛胫骨，甚狂噬，相嗾不已。村人持梃驱逐，亦竟不去。众顿异，因夺而破之，其中血髓已坚凝如玉，自成一菩萨形，衣纹璎络，相好奇特，虽雕琢有所不及。其家乃取去藏之。此与职氏齿事极相类。佛之慈悲化身，无乎不在，以警于好杀者，俾生信心，哀愍有情。故现希有之异，阐提者得不少悛乎？"

翟三丈公巽，宣和末，蔡絛约之用事，外召从官七人。公巽再以琐闼召，力辞之，未至阙，有旨落职宫祠，继而复还待制。公作谢表有云："弹贡禹之冠，诚非本志；夺伯氏之邑，其又何言。"又云："惟一与一夺之命，无有二三；而三仕三已之心，敢怀愠喜。"人多称之。

翟公巽《谢对衣金带鞍马表》云："顾臣非缁衣之宜，敝予又改；以臣从大夫之后，不可徒行。"叶少蕴《谢赐历日表》云："岂特千岁之日，可坐而致；将使百亩之田，勿夺其时。"汪彦章《贺进筑隆兑二州及城寨表》云："我陵我阿，不以山溪之险；有民有社，在吾邦域之中。"皆用经史全语而工者。

优词乐语，前辈以为文章余事，然鲜能得体。王安中履道，政和六年天宁节集英殿宴，作教坊致语，其诵圣德云："盖五帝其臣莫及，自致太平；凡三代受命之符，毕彰殊应。"又云："歌太平既醉之诗，赖一人之有庆；得久视长生之道，参万岁以成纯。"可谓妙语也。至《放小儿队词》云："戢戢两髦，已对襄城之问；翩翩群舞，却从沂水之归。"《放女童词》云："奏阆圃之云谣，已瞻天而献祝；曳广寒之霓袖，将偶月以言归。"益更工丽而切当矣。履道之掌内制，可谓称职。凡乐语不必典雅，惟语时近俳乃妙。王履道《天宁节宴小儿致语》云："五百里采，五百里卫，外并有截之区；八千岁春，八千岁秋，共上无疆之寿。"又《正旦宴小儿致语》云："君子有酒多且旨，得尽群心；化国之日舒以长，对扬万寿。"孙近叔《诣宣和春宴女童致语》云："黛秬载耕于帝籍，广十千维耦之疆；青圭往祓于高禖，兆则百斯男之庆。"皆为得体。然未若东坡元祐秋宴，教坊致语云："南极呈祥，候秋分而老人见；西夷慕义，涉流沙而天马来。"又《春宴致语》云："稍宽中昃之忧，一均湛露之泽。方将曲糵群贤而恶旨酒，鼓吹六艺而放郑声。虽白雪阳春，莫致天颜之一笑；而献芹负日，各尽野人之寸心。"则又不可跂及矣。乐语中有俳谐之言一两联，则伶人于进趋诵咏之间，尤觉可观而警绝。如石懋敏若《外州天宁节锡宴》云："飞碧篆之炉烟，薰为和气；动红鳞之酒面，起作风波。"何安州得之《外州上元》云："五云缥缈，出危峤于灵鼍；九陌荧煌，下繁星于陆海。暗尘随马，素月流天。如熙熙登春台，举欣欣有喜色。"孙仲益《和州送交代》云："渭城朝雨，寄别恨于垂杨；南浦春波，眇愁心于碧草。"皆为人所脍炙也。

翟公巽知密州，侯蒙元功自中书侍郎罢政归乡，公有启云："得请真祠，归荣故里。虽老成去国之易，而明哲保身之全。多士叹嗟，饯韩侯之出祖；邦人慰喜，咏季子之来归。"又云："乘安车而过诸子，未慕昔贤；挥赐金以娱故人，用偿夙志。"公平时四六，多聱牙高古，而此启特平易，诚大手笔也。后元功于里第筑台曰"高蓝光"，既落成，公就台张具为宴，自作致语有云："公槐避宠，衣绣归家。从方外之赤松，寄高怀于绿野。珍禽崒羽，借鸡树之遗栖；曲沼回塘，分凤池之余润。"《晋世语》云：刘放为中书监，孙资为中书令，共领枢要。侯献、曹肇心内不平，殿中有鸡栖树，二人相谓曰："此亦久矣，其能复几指放资也。"又《晋书》荀勖守中书监，毗赞朝政，及迁尚书令，勖久在中书，专掌机事，失之甚愠。人有贺者，怒曰："夺我凤凰池，何贺焉！"故公用"鸡树""凤池"，皆中书事，考之方见其切。

李昭玘成季，自京西路提刑移东路置司，□□在兖东路，置司在青州，谢上表有云："去长安之日，虽遥千里之违；望岱宗之云，犹均二州之润。"

杜子美《佳人词》云:"合昏尚知时,鸳鸯不独宿。"《本草》:合欢,或曰合昏。陈藏器云:叶至暮即合,故曰合昏,今夜合花是也。又《往在诗》云:"当宁陷玉座,白间剥画虫。"《文选·景福殿赋》云:"皎皎白间,微微列钱。"注:白间,窗也。又《大食刀歌》云:"得君乱丝与君理。"《北史》:齐文宣帝高洋神武第三子,神武尝令诸子各理乱丝,帝独抽刀斩之曰:"乱者须斩。"神武以为然。

范忠宣公薨,朝廷赐墓碑之额曰"世济忠直"。时唐彦猷君益知颍昌,为表其居曰"忠直坊"。范公之子正平、正思谓君益曰:"荷公之意,但上之所赐,刻于螭首,揭于墓隧,假宠于公,若施于康庄,以为往来之观,非朝廷之意也。"君益曰:"此州郡之事,于君家无与也。"二公曰:"先祖先人功名闻于远迩,何待此而显。且十室之邑,必有忠信,流俗所尚,识者所耻,异时不独吾家为人嗤诮,公亦宁逃于指议?故不得不力请也。"时李端叔官于许下,乃见唐公,且言曰:"顷胡文恭宿知苏州时,蒋堂希鲁将致政归。文恭昔为诸生,尝受学于蒋公,乃即其里第表之为'难老坊'。蒋公见之,不乐曰:'此俚俗歊焰,内不足而假之人以为夸者,非所望于故人也,愿即撤去。'文恭谢之。欲如其请,则营缮已毕,乃咨其尝获芝草之瑞,更为灵芝。文恭退而语人曰:'识必因德而后达,蒋之德盖所畏,而其识如此,非吾所及也。'"君益闻端叔之言,遂撤去之。范氏二公闻之,乃谢端叔曰:"非公之语,莫遂于心也。"因复笑曰:"凡以伎能物货自营,图倍于人,则名曰元本某家;至于假供御供使州土为名,殆与此一类。颜子居陋巷,一箪食,一瓢饮,人不堪其忧,回不改其乐,故与禹稷同道。当时未闻表其巷何坊也。"端叔亦笑之。后复陈此语于君益,君益大笑之。

李资政邦直有《与韩魏公书》云:"前书戏问玉梳金篦者侍白发翁,几欲淡死矣。然常山颇多老伶人,吹弹甚熟,日使教此五六人,近者稍便串,异时愿传饮期一醺觞也。"玉梳金篦,盖邦直之侍姬也。人或问命名之意,邦直笑曰:"此俗所谓和尚置梳篦也。"又有《与魏公书》云:"旧日梳篦固无恙,亦尝增添三两人,更似和尚撮头带子尔。"

元祐中,哲宗旬日一召辅臣于迩英阁,听讲读。时曾肇子开、苏辙子由,自左右史并除中书舍人,入侍讲筵。子由作诗呈同省诸公,悉和之。迩英、延义,皆祖宗所建。讲读之所记注官,赐坐饮茶,将罢赐汤,仍皆免拜,无复外廷之礼。故子开诗云:"二阁从容访古今,诸儒葵藿但倾心。君臣相对疑宾主,谁识昭陵用意深。"迩英阁前槐后竹,双槐极高,而柯叶拂地,状如龙蛇,或谓之凤尾槐。子开诗云:"凤尾扶疏槐影寒,龙吟萧瑟竹声干。汉皇恭默尊儒学,不似公孙见不冠。"子由诗云:"铜瓶洒遍不胜寒,雨点匀圆冻未干。回首瞳眬朝上日,槐龙对舞覆衣冠。"并谓此也。

宣和中,予客唐州外氏吴家。时兖阳府光化县村人耕穴一家,得一器,类鼎而有盖。盖及鼎腹皆雷纹,中有虬形,两耳为饕餮,足为蚩尤,制作甚精。一足微蚀损,尚可立也。表舅唐恁端仲数千得之,以与舅氏顺图好古博雅,乃以归之,而强名曰"虬鼎";且作歌以记之,予得熟观焉。予以为古之鼎鬲皆无盖,而足皆圆直,无作兽形者,此乃敦耳。端仲以其腹高如鼎,而敦乃形匾,故名之为鼎耳。其饕餮、蚩尤,与李伯时古器图所画小敦耳足正同,但小敦耳之两兽间,口有饰玉处,古之玉敦多如此也。而此器乃无饰玉之状,状复无款识耳。又按《吕氏春秋》云:周鼎饕餮有首无身,食人未咽,害及其身。此盖周器也。古器多为饕餮、蚩尤者,深戒于贪暴也。两舅皆以予言为然,乃只名曰"虬敦",极宝惜之。时京西漕时道陈闻有此器,讽太守王牲来取之。舅氏秘而不出,后欲自携往京师,并关中侯金印献之上方。未几而俶扰,外氏避地湘潭,平时玩好书画宝玉,悉为贼有,不知此器存亡何所。惜哉!敦,酒器。

天下之事,每患于无公论,徇于一己之好恶,则说必偏;虽以曲词夸语以胜于人,然卒不若公论之使人必信也。砚之美者,无出于端溪之石,而唐询彦猷作《砚录》,乃以青州黑山红丝石为冠;米芾元章则以唐州方城山葛仙公岩石为冠。彦猷则谓红丝石,理黄者其丝红,理红者其丝黄。文之美者,则有旋转其丝凡十余重,次第不乱。资质润美发墨,久为水所浸渍,即有膏液出焉。此石之至灵者,非他石可与较议,故列之于首。元章则谓方城岩石,石理白者,视之如玉,莹如鉴光,而着墨如澄泥,不滑,稍磨之则已下,而不热生泡。发墨生光,如漆如油,岁久不退,常如新成,有君子一德之操,色紫可爱,声平而有韵。此石近出，始见十余枚矣。二公皆于翰墨留意者。然此说恐未为公也。予伯父毅老提学尝官青社，得红丝石砚，虽文彩诚如彦猷之说，但石理麁慢，殊不发墨，特堪为几案之奇玩耳。予外氏居唐州，而方城下邑也。予往来必过仙公山下，地名"新寨"。居民多以石为工，所货之砚，紫、青、白三种石也。亦作鼎斛盂之类。其砚如吴郡巉村石之易得，一枚不过百钱。惟有一种曰"太阳坑石"，乃元章所谓近出者。坑在山顶，其石色如端溪，坚重缜密，作砚极锉墨，不数磨而已盈砚，殊可爱也。盖元章性急，每用磨墨，发艳甚易，故以适意为快也。然多损笔墨，故士人谓之笔墨刽子，可与端州后历石相抗焉，得居上岩下岩二石之上也。予在京西时，择求数年，得一巨璞，琢为玉斗样，不知者以为端溪也。予舅吴兖显图为予铭其背云："琢云根，陪玄颖，赞斯文，贻久永。无磷缁，坚以璟，之子操，同其炳。"渡江以来之后亡之矣。二公之论当否，究心于文房者必能订评之。

黄鲁直有《乞猫诗》云："秋来鼠辈欺猫死，窥瓮翻盆搅夜眠。闻道狸奴将数子，买鱼穿柳聘御蝉。"蔡天启乞猫于孙元忠，亦有诗云："厨廪空虚鼠亦饥，终宵咬啮近秋帷。腐儒生计惟黄卷，乞取御蝉与护持。"予友李璜德邵以二猫送予，仍以二诗，一云："家家入雪白于霜，更有欹鞍似闹装。便请炉边叉手坐，从他鼠子自跳梁。"二云："御蝉毛色白胜酥，搦絮堆绵亦不如。老病毗邪须减口，从今休叹食无鱼。"

卷八

　　宗室令穰大年善丹青，清润有奇趣。少年读书，以唐王维、李思训、毕宏、韦偃，皆以画得名，乃刻意学之，下笔便有自得。一时贤士大夫喜与之游，皆求其笔，亦颇厌其诛求，慨然叹曰："怀素有云：无学书，终为人所使。"欲绝笔不为，但名已著，终不得已。又善作小草书，小字如蝇蚊，笔遒而法具，谛观之，目力茫然，皆合羲、献之体，是又所难也。米元章谓大年作画清丽，雪景类王维，汀渚水鸟有江湖意。予在京师时，尝偶得大年所作横卷《归田园》，竹篱茅舍，烟林蔽亏，遥岑远水，咫尺千里，葭芦鸥鹭，宛若江乡。盖大年得意画也。表舅唐端仲题诗云："闻君新得小山川，画手来从鄜雍贤。不学农夫焉用稼，若为王子岂知田。我真垅上躬耕客，亲见人间小隐天。始识何年京样熟，菊篱宁似景龙边。"菊篱景门下景也。后为吴舅顺图取此轴去，今亡于兵火。又有士雷亦妙绘事，尝于钱德舆次权少卿家见所作《寒溪小雪》横卷，翎毛竹木，种种皆奇，可亚大年云。

　　章友直伯益，以篆得名，召至京师。翰林院篆字待诏数人闻其名，然心未之服，俟其至，俱来见之云："闻先生之艺久矣，愿见笔法，以为模式。"伯益命粘纸各数张，作二图，即令洗墨濡毫。其一纵横各作十九画，成一棋局，其一作十圆圈，成一射帖。其笔之麄细间架疏密，无毫发之失。诸人见之，大惊叹服，再拜而去。

　　熙宁五年，杭州民裴氏妾夏沉香澣衣井旁，裴之嫡子戏，误堕井而死。其妻诉于州，必以谓沉香挤之而堕也。州委录参杜子方、司户陈珪、司理戚秉道，三易狱皆同，沉香从杖一百断放。时陈睦任本路提刑，举驳不当，劾三掾皆罢。州委秀州倅张济鞫勘，许其狱具即以才荐，竟论沉香死。故东坡《送三掾诗》云："杀人无验终不快，此恨终身恐难了。"其后睦还京师，久之未有所授。闻庙师邢生颇从仙人游，能知休咎，乃往见之，叩以来事，邢拒之弗答。而语所亲曰："其如沉香何？"睦闻之，悚惧汗下，废食者累日。释氏所云冤怼终不免，可不戒哉！

绍圣初元，东坡帅中山，得黑石白脉，如孙知微所画石间奔流，尽水之变；又作白石大盆以盛之，激水其上，名其室曰"雪浪斋"。公自铭有云："玉井芙蓉丈八盆，伏流飞空漱其根。"时四月二十日也。闰四月三日，乃有英州之命。其后谪惠州，又徙海外，故中山后政以公迁谪，雪浪之名废而不问。元符庚辰五月，公始被北归之命，明年夏，方至吴中。时张芸叟守中山，方葺治雪浪斋，重安盆石，方欲作诗寄公，九月，闻公之薨，乃作哀词，有云："我守中山，乃公旧国。雪浪萧斋，于焉食宿。俯察履綦，仰看梁木。思贤阅古，皆经贬逐。玉井芙蓉，一切牵复。"云云。其词曰："石与人俱贬，人亡石尚存。却怜坚重质，不减浪花痕。满酌山中酒，重添丈八盆。公兮不归北，万里一招魂。""思贤"、"阅古"，皆中山后圃堂名也。

镇江府兵火之余，有石一株在瓦砾中，势如掀舞，色绀而泽，奇物也。上有刻字云："有唐上元甲子岁，颍川陈良参叨尹延陵获此石，置西斋之前。铭曰：嵯嵯峨峨，翠苍其多。是禀混元，非因琢磨。置于庭隅，公退常过。宜乎乃身，居高之阿。后期来者，见兹若何。"其后又有今人刻字云："皇宋治平丙午岁仲夏晦日，邑令掌文纪于坏垣得之，立于此。"后为都统王候胜所得，移置于所居园中。有一士大夫见而爱之，给曰："此本吾家旧物也。先君平昔宝惜之，不意尚存于兹，愿复归我。"王候欲许之，有一将校闻之，谓主帅曰："不可与之。此石上有上元甲子及皇宋治平之语，恐朝廷闻之来取之，当以此意拒之。"王候用其说遂止。今按唐之上元甲子，德宗之兴元元年也，距今绍兴上元甲子三百六十年矣。坚顽阅世如是之久，信乎金石之寿也。

妇人之缠足，起于近世，前世书传皆无所自。《南史》：齐东昏侯为潘贵妃凿金为莲花以帖地，令妃行其上，曰"此步步生莲华"，然亦不言其弓小也。如古乐府、《玉台新咏》，皆六朝词人纤艳之言，类多体状美人容色之殊丽，又言妆饰之华，眉目、唇口、腰肢、手指之类，无一言称缠足者。如唐之杜牧、李白、李商隐之徒，作诗多言闺帏之事，亦无及之者。惟韩偓《香奁集》有《咏屧子诗》云："六寸肤围光致致。"唐尺短，以今校之，亦自小也，而不言其弓。

饮席刻木为人,而锐其下,置之盘中,左右欹侧,傲傲然如舞状;久之力尽乃倒,视其传筹所至,酬之以杯,谓之劝酒。胡程俱致道尝作诗云:"簿领青州掾,风流曲秀才。长烦拍浮手,持赠合欢杯。屡舞回风急,传筹向羽催。深惭偃师氏,端为破愁来。"或有不作传筹,但倒而指者当饮。

木犀花,江浙多有之,清芬沤郁,余花所不及也。一种色黄深而花大者,香尤烈;一种色白浅而花小者,香短。清晓朔风,香来鼻观,真天芬仙馥也。湖南呼"九里香",江东曰"岩桂",浙人曰"木犀",以木纹理如犀也。然古人殊无题咏,不知旧何名,故张芸叟诗云:"竚马欲寻无路入,问僧曾折不知名。"盖谓是也。王以宁周士《道中闻九里香花诗》云:"不见江梅三百日,声断紫箫愁梦长。何许绿裙红帔客,御风来献返魂香。"近人采花蕊以薰蒸诸香,殊有典刑。山僧以花半开香正浓时,就枝头采撷取之,以女贞树子俗呼冬青者捣裂其汁,微用拌其花,入有釉磁瓶中,以厚纸幂之;至无花时,于密室中取置盘中,其香裛裛中人如秋开时,后入器藏,可留久也。树之干大者,可以旋为盂合茶托种种器用,以淡金漆饰之,殊可佳也。

晁无咎和李秬双头牡丹有云:"二乔新获吴宫怯,双隗初临晋帐羞。月地故应相伴语,风前各是一般愁。"

政和间,汴都平康之盛,而李师师、崔念月二妓,名著一时。晁冲之叔用每会饮,多召侑席。其后十许年再来京师,二人尚在,而声名溢于中国。李生者门第尤峻。叔用追往昔,成二诗以示江子之,其一云:"少年使酒来京华,纵步曾游小小家。看舞《霓裳羽衣曲》,听歌《玉树后庭花》。门侵杨柳垂珠箔,窗对樱桃卷碧纱。坐客半惊随逝水,吾人星散落天涯。"其二云:"春风踏月过章华,青鸟双邀阿母家。系马柳低当户叶,迎人桃出隔墙花。鬓深钗暖云侵脸,臂薄衫寒玉照纱。莫作一生惆怅事,邻州不在海西涯。"靖康中,李生与同辈赵元奴及筑球吹笛袁陶、武震辈例籍其家,李生流落来浙中,士大夫犹邀之以听其歌,然憔悴无复向来之态矣。

韩退之《木居士诗》:"偶然题作木居士,便有无穷祈福人。"盖当时以枯木类人形,因以乞灵也;在今衡州之耒阳县北沿流三十里鳌口寺，至今人祀之。元丰初年旱暵，县令祷之不应，为令析而焚之。主僧道符乃更刻木为形而事之，张芸叟南迁郴州过而见之，题诗于壁云："波穿火透本无奇，初见潮州刺史诗。当日老翁终不免，后来居士欲奚为。山中雷雨谁宜主，水底蛟龙睡不知。若使天年俱自遂，如今已复长孙枝。"予每愤南方淫祠之多，所至有之，陆龟蒙所谓"有雄而毅黝而硕者，则曰将军；有温而愿哲而少者，则曰某郎；有媪而尊严者，则曰姥；有妇而容者，则曰姑"，而三吴尤甚。所主之神不一，或曰太尉，或曰相公，或曰夫人，或曰娘子，村民家有疾病，不服药剂，惟神是恃。事必先祷之，谓之问神。苟许其请，虽冒险以触宪纲必为之；傥不诺其请，卒不敢违也。凡祷必许以牲牢祀谢圽物命，所费不赀。祷而不验，病者已殂，犹偿所许之祭，曰弗偿其祸必甚。无知之俗，以神之御灾捍患为可，惴惴然不敢少解也。岂独若是乎？近时士大夫家亦渐习此风。士大夫稍有识者心知其非，而见女子之易惑，故牵于闺帏之爱，亦遂狥俗，殊可骇叹。且神聪明正直而一者也，岂有以酒食是嗜？而窃福以饕餮于愚鲁之民，岂所谓聪明正直者耶？至于岳也，渎也，古先贤德有功于人，载在祀典，血食一方者，吾敢不钦奉之乎？所谓郎者，姑者，安能祸福于忠信之士，吾所未信也，世岂无一狄公为一革之？木居士既为令之所焚矣，彼庸瞀者复假托以惑众，此尤可笑云。

东坡在黄州，而王文甫家东湖，公每乘兴必访之。一日逼岁除，至其家，见方治桃符，公戏书一联于其上云："门大要容千骑入，堂深不觉百男欢。"

欧阳文忠公，本朝第一等人也，其前言往行，见于国史墓碑及文集诸书中详矣，予复得四事于公之曾孙当世望之云。尝载于《泷冈阡表》。泷冈阡，盖欧阳氏松楸垅名也，今不传于世，惜其遗没，因识于此。

一云：公于为政仁恕，多活人性命，曰："此吾先公之志也。"尝曰：汉法惟杀人者死，后世死刑多矣，故凡于死，非己杀人者多活之。其为河北转运使，所活二千余人。先是，保州屯兵闭城叛，命田况、李昭亮等讨之不克，卒招降之。既开城，况等推究反者二千余人，投于八井。又其次二千余人不杀，分隶河北诸州。事已完，而富相出为宣抚使，惧其复为患，谋欲密委诸州守将同日悉诛之。计议已定，方作文书，会公奉朝旨权知镇府，与富公相遇于内黄，夜半屏人，以其事告公。公大以为不可，曰："祸莫大于杀降，昨保州叛卒，朝廷已降救榜，许以不死而招之。八井之戮，已不胜其冤，此二千人者，本以胁从，故得不死，奈何一旦无辜就戮？"争之不能止，因曰："今无朝旨，而公以便宜处置。若诸郡有不达事几者，以公擅杀，不肯从命者，事既参差，则必生事，是欲除害于未萌，而反趣其为乱也。且某至镇，必不从命。"富公不得已遂止。是时小人谮言已入，富、范势力难安。既而富公大阅河北之兵，将卒有所升黜；谮者献言富某擅命专权，自作威福，已收却河北军情，北兵不复知有朝廷矣。于是京师禁军亟因大阅，多所升擢，而富公归至国门，不得入；遂罢枢密，知郓州。向若擅杀二千人，其祸何可测也。然则公之一言，不独活二千人命，亦免富公于大祸也。

二云：公于修《唐书》，最后至局，专修纪、志而已，列传则宋尚书祁所修也。朝廷以一书出于两手，体不能一，遂诏公看详列传，令删修为一体。公虽受命，退而叹曰："宋公于我为前辈，且人所见多不同，岂可悉如己意。"于是一无所易。及书成奏，御史白旧例修书，只列书局中官高者一人姓名，云某等奉敕撰，而公官高当书。公曰："宋公于列传亦功深者，为日且久，岂可掩其名而夺其功乎？"于是纪、志书公姓名，列传书宋姓名，此例皆前未有，自公为始也。宋公闻而喜曰："自古文人不相让，而好相陵掩，此事前所未闻也。"

三云：范公自言学道三十年，所得者平生无怨恶尔。公初以范希文事得罪于吕相，坐党人远贬三峡，流落累年。比吕公罢相，公始被进擢。及后为范公作神道碑言西事，吕公擢用希文，盛称二人之贤能，释私憾而共力于国家。希文子纯仁大以为不然，刻石时辄削去此一节，云："我父至死未尝解仇。"公亦叹曰："我亦得罪于吕丞相者，惟其言公所以信于后世也。吾尝闻范公自言平生无怨恶于一人，兼其与吕公解仇书见在范集中，岂有父自言无怨恶于一人，而其子不使解仇于地下，父子之性相远如此？"公知颍州时，吕公著为通判，为人有贤行，而深自晦默，时人未甚知。公后还朝力荐之，由是渐见进用。

四云：陈恭公执中素不喜公，其知陈州时，公自颍移南京，过陈，拒而不见。后公还朝作学士，陈为首相，公遂不造其门。已而陈出知亳州，寻罢使相，换观文，公当草制，自谓必不得好词。及制出，词甚美，至云："杜门却扫，善避权势而免嫌；处事执心，不为毁誉而更守。"陈大惊，喜曰："使与我相知深者不能道此，此得我之实也。"手录一本寄门下客李师中曰："吾恨不早识此人。"

文忠公又有《杂书》一卷，不载于集中，凡九事，今亦附于此。云：秋霖不止，文书颇稀，丛竹萧萧，似听愁滴。顾见案上故纸数幅，信手学书，枢密院东厅。

一云：谢希深尝诵《哭僧诗》云："烧痕碑入集，海角寺留真。"谓此人作诗不必好句，只求好意。余以谓意好句必好矣。贾岛有哭僧诗云："写留行道影，焚却坐禅身。"唐人谓烧却活和尚，此句之大病也。近时九僧诗极有好句，然今人家多不传，如"马放降来地，雕盘战后云"，"春生桂岭外，人在海门西"。今之文士，未必有如此句也。学者勿浪书，事有可记者，他时便为故事。作诗须多诵古今人诗，不独诗尔，其余文字尽然。

二云：汉之文士，善以文言道时事，质而不俚，兹所以为难。往时作四六者，多用古人语及广引故事，主衔博而不思，述事不畅。近时文章变体，如苏氏父子以四六述叙，委曲精尽，不减古人。自学者变于为文，殆今三十年，始得斯人，不惟迟久而后获实，恐此后未有能继者耳。自古异人间出，前后参差不相待。余老矣，乃及见之，岂不为幸哉！

三云："空梁落燕泥"，未为警绝，而杨广不与薛道衡解仇于泉下，岂荒炀所趣，止于此耶？"大风起兮云飞扬"，信是英雄之语也。若"漠漠水田飞白鹭，阴阴夏木啭黄鹂"，终非己有，又何必区区于攘窃哉！

四云：作字要熟，熟则神气完实而有余，于静坐中自是一乐事，然患少暇，岂若以乐处当不足耶？书十年不倦当得名，虚名已得而真气耗矣，万事莫不皆然。有以寓其意，不知身之为劳也；有以乐其心，不知物之为累也。然则自古无不累心之物，而有为物所乐之心。

五云：自苏子美死后，遂觉笔法中绝。近年君谟独步当世，然谦让不肯主盟。往年余尝戏谓君谟学书如溯急流，用尽气力，不离故处。君谟颇笑，以谓能取譬。今思此语已十余年，竟如何哉？

六云：学书费纸，犹胜饮酒费钱。曩时王文康公戒其子弟云："吾平生不以全幅纸作封皮。"文康太原人，世以晋人喜啬而资谈笑，信有是哉！吾年向老，亦不欲多耗用物，诚未足以有益于人。然衰年志思不壮，于事少能快然，亦其理耳。

七云：萧条澹泊，此难画之意，画者得之，览者未必识也。故飞走迟速，意近之物易见；而闲和严静，趣远之心难形。若乃高下向背，远近重复，此画工之艺尔，非精鉴之事也。不知此论为是否。余非知画者，强为之说，但恐未必然也。然自谓好画者必不能知此也。

八云：介甫尝言夏月昼睡，方枕为佳。问其何理，云："睡久气蒸枕热，则转一方冷处。"然则真知睡者耶？余谓夜弹琴惟石徽为佳，盖金蚌、瑟瑟之类，皆有光色，灯烛照之则炫耀，非老翁夜视所宜，白石照之无光，于目昏者为便。介甫知睡，真懒者。余知徽，直以老而目暗耳。余家石徽琴得之二十年，昨因患病，手中指拘挛，医者言惟数运动，以导其气之滞，谓惟弹琴为可，亦寻理得十余年已忘诸曲。物理损益相因，固不能穷，至于如此。老庄之徒，多寓物以尽人情，信有以也哉。

九云：唐之诗人类多穷士，孟郊、贾岛之徒，尤能刻琢穷苦之言以自喜。或问二子其穷孰甚，曰：阆仙甚也。何以知之，曰：以其诗见之。郊曰："种稻耕白水，负薪斫青山。"岛云："市中有樵山，我舍朝无烟。井底有甘泉，釜中乃空然。"盖孟氏薪水自足，而岛家柴水俱无，诚可笑。然二子名称高于当世。其余林翁处士，用意精到者往往有之。若"鸡声茅店月，人迹板桥霜"，则羁孤行旅流离辛苦之态，见于数字之中。至于"野塘春水漫，花坞夕阳迟"，则春物融怡之情和畅，又有言不能尽之意，兹亦精意刻琢之所得者耶？往在洛时，尝见谢希深诵曰："县古槐根出，官清马骨高。"希深曰：清苦之意在言外，而见于言中。又见晏丞相常爱"笙歌归院落，灯火下楼台"。晏公曰：

世传寇莱公云："老觉腰金重，慵便枕玉凉。"以为富贵，此特穷相者耳。能道富贵之盛，则莫如前句，亦与希深所评者类耳。以二公皆有情味而喜为篇咏者，其论如此。

右永叔所书九事，顷在京师贵人家见之。书之字画清劲，多柳诚悬笔法，爱而录之。然其间称"马放降来地"及"春生桂岭外"之句，并论严维"柳塘春水漫"、温庭筠"鸡声茅店月"之工，与夫贾岛哭僧之诮，皆已载于《诗话》中。及晏元献评富贵之句，亦见于《归田录》，但其言或不同，故不敢删削，并录之云。

何薳子楚作《春渚纪闻》云：《关子明易传》、《李卫公对问》皆阮逸著撰。予考之《唐·艺文志》及本朝《崇文总目》，皆无之，子楚之言或然也。又云：《龙城记》乃王铚性之作，《树萱录》刘泰无言作。予谓性之伪作《龙城记》果不诬，而《树萱录》《唐书·艺文志》小说类自有此名，岂无言所作也？此书所载诸事近于寓言，而诸篇诗句皆佳绝，盖唐人之善诗者为之。如"江声兼小雨，暝色入啼猿"，"藕隐玲珑玉，花藏缥缈容"，"红树醉秋色，碧溪弹夜弦"，"网断蛛犹织，梁空燕不归"，皆警绝非近人所能也。

卷九

李淳风论辩真玉云：其色温润，如肥物所染，敲之其声清引，若金磬之余响，绝而复起，残声远沉，徐徐方尽，此真玉也。予顷在唐州，见任布参政之孙谕字义可收一璧，凝滑如脂，无有蚁缺，惟有两粟大赤黝，盖尸沁也；以绵绳挂之，击之其清越之声，余韵悠扬，正如淳风之说，与世所见水苍玉不可同日而语。后闻为一中都一贵人取去，自是不复再见也。

政和丁酉岁，真州郊外一家屠一牛，买肉归者，往往于刲割之际，铮铮有声。视之，于肉脉中皆有舍利也，大小不一，光莹如玉，询之数家皆有之。自尔一村之民，不复食牛。

东坡作长短句《洞仙歌》所谓"冰肌玉骨，自清凉无汗"者，公自叙云："予幼时见一老人，年九十余，能言孟蜀主时事，云：蜀主尝与花蕊夫人夜起，纳凉于摩诃池上，作《洞仙歌令》。老人能歌之。予今但记其首两句，乃为足之。"近见季公彦季成《诗话》，乃云：杨元素作本事记《洞仙歌》："冰肌玉骨，自清凉无汗。"钱唐有老尼能诵后主诗首章两句，后人为足其意，以填此词。其说不同。予友陈兴祖德昭云："顷见一诗话，亦题云李季成作，乃全载孟蜀主一诗：'冰肌玉骨清无汗，水殿风来暗香满。帘间明月独窥人，欹枕钗横云鬓乱。三更庭院悄无声，时见疏星度河汉。屈指西风几时来，只恐流年暗中换。'云东坡少年遇美人，喜《洞仙歌》，又邂逅处景色暗相似，故隐括稍协律以赠之也。予以谓此说近之。"据此乃诗耳，而东坡自叙乃云是《洞仙歌令》，盖公以此叙自晦耳。《洞仙歌》腔出近世，五代及国初，未之有也。

琴、阮，皆乐之雅者也。琴则人多能之，而艺精者亦众，至阮则人罕有造其妙者。中都盛时，有醴泉观道士王庆之颇有此乐，同时有安敏修者，以此艺供奉上前，徽庙顾遇，厚于伦辈。二人者其能相抗，予在京师皆尝听之。庆之则闲雅多则古曲，优逸不迫；敏修则变移宫徵，抑怨取兴，杂以新声，然皆妙手绝艺也。后庆之不知存亡，敏修被虏北去，未几窜而南归。今习阮者，未有能及此二人也。

刘棐仲忱，诗律殊有风致，常赋《咸阳》二绝云：“父老壶浆迓义旗，秦亡谁复为秦悲。不曾被虐曾蒙德，十二金人合泪垂。”“玉殿珠楼二世中，楚人一炬逐烟空。却缘火是秦人火，只与焚书一样红。”殊类唐人题咏，他诗亦称是。

华亭县有寒穴泉，与无锡惠山泉味相同，并尝之，不觉有异，邑人知者亦少。王荆公尝有诗云：“神震洌冰霜，高穴雪与平。空山淳千秋，不出鸣咽声。山风吹更寒，山月相与清。北客不到此，如何洗烦醒。”

西京牡丹闻于天下，花盛时，太守作万花会，宴集之所，以花为屏帐；至于梁栋柱栱，悉以竹筒贮水簪花钉挂，举目皆花也。扬州产芍药，其妙者不减于姚黄、魏紫。蔡元长知维扬日，亦效洛阳，亦作万花会。其后岁岁循习而为，人颇病之。元祐七年，东坡来知扬州，正遇花时，吏白旧例，公判罢之，人皆鼓舞欣悦。作书报王定国云：“花会检旧案，用花千万朵，吏缘为奸，乃扬州大害，已罢之矣。虽杀风景，免造业也。”公为政之惠利于民，率皆类此，民到于今称之。

《穆天子传》，古书也。杜子美多用其事语，如“天子之马走千里”，“王命官属休”，“曾祝沉豪牛”，“歂玉大宛儿”，凡此四皆出此书也。曾皈彦和，博学之士，予先君有此书，彦和借往雠校，乃题其后云：晋中书监令荀公曾知嵪所上篆文《穆天子传》六卷，即太康二年汲冢人准盗发魏襄王墓所传竹书也。按《束晳传》：竹策书凡七十五篇，内《穆天子传》五篇，言周穆王游行四海，见帝台西王母。杂书十九篇，周食田法周书论楚事，周穆王美人盛姬死事。然则《穆天子传》本五篇，公曾等所上乃有六卷者。今观第六卷多记盛姬事，盖并入杂书中，此一篇也。书虽残缺，不可尽读，而其所载事物，多故志之所无者。如《世民》之吟，《黄泽》之谣，《黄竹》之诗，其辞皆雅驯可喜。又如“虎牢”、“五鹿”之所以名，亦可以博异闻矣。尝考《汉书·地理志》：京兆有西郑，河南有新郑，汉中有南郑。京兆之郑，先儒谓之郑，班固曰：周宣王弟威公邑。应劭亦曰：宣王母弟友所封也。其子与平王东迁，更称新郑。臣瓒曰：周穆王以下都于西郑，不得以威封。初，威公为司徒，王室作乱，故谋于史伯，而寄帑与贿于虢会之间。幽王既败，二年而灭会，四年而灭虢，居于郑父之丘，是以为郑威公，无封京兆之文也。颜师古曰：穆王以下无西郑之事，瓒说非也。今按此书，自第四卷而下，卷末皆书天子之入于南郑，盖瓒所谓穆王之所都者是也。第五卷有祭父自圃郑来谒，盖瓒之所谓郑父之丘者是也。瓒即校书郎中傅瓒，乃公曾嶠所部校《穆天子传》官属也，故因取此传以注《汉书》。然传称南郑，瓒西郑，所未详其所以异，岂近世传写之误也。汉中之郑为南郑，不应京兆之郑复称南郑。其称西郑，乃以圃郑为东耳。西郑穆王出游，反必入焉，岂非以其所都故耶？设非王都，亦圻内近地也。邦家在圛地畿内，诸侯当在邦都，其内为县，又其内为都，则西郑之于镐京，殆可为公邑而已，亦不足以为国也。且是时已有圃郑矣，则不必因威公之子从周东迁乃得郑名，然谓之新郑，又果何耶？虽然，如瓒之说，亦岂全非哉？今汲冢中竹书，唯此书及《师春》行于世，余如《纪年》、瓒语之类，复已亡逸。

　　今人家闺房，遇春秋社日，不作组纴，谓之忌作，故周美成《秋蕊香》词："乳鸭池塘水暖，风紧柳花迎面。午妆粉指印窗眼，曲理长眉翠浅。闻知社日停针线，探新燕。宝钗落枕梦春远，帘影参差满院。"予见张籍《吴楚词》云："庭前春鸟啄林声，红夹罗襦缝未成。今朝社日停针线，起向朱樱树下行。"乃知唐时已有此忌，循习至今也。

　　李博，宣和间仕大府卿，因职事陛对，徽宗问曰："知卿年弥高而色不衰，中外称卿有内丹之术，可具术以进。"博曰："陛下盛德广渊，睿智日新，学有缉熙于光明。臣虽不学，敢以诚对，谨领圣训，容臣具术以闻。"明日乃进曰："臣闻内观所以存其心也，外观所以养其气也。存其心，养其气，则真火炉鼎日炎，神水华池日盛矣。长生久视，上下与天地同流，天道运而不积，圣人知而行之。大道甚易知，甚易行，以简，以简易，而天下之理得也。人之所恃以生者气也，气住则神住，神住则形住，形住则长生久视，自此始矣。盖日月运转，寒暑往来，天地所以长久，吹嘘呼吸，吐故纳新，真人所以住世。故丹元子曰：形以神住，神以气集。气，礼之克也；形，神之舍也。气实则成，气虚则敚，气住则生,气耗则灭,此广成子所以保气,而烟萝子所以炼气也。然则一言而尽保炼之妙者,其惟咽纳乎。故曰:一咽二咽,云蒸雨至;三咽四咽,内景克实;七咽九咽,心火下降,肾水上升,水火既济,则内丹成,可以已疾,可以保生,可以延年,可以超升。臣谨删其繁紊,撮其枢要,直书其妙,以著于篇。"上篇曰"进火候",每日子后午前,若于五更初阳盛时尤佳。就坐榻上,面东或南,握固盘足,合目主腰而坐。澄心静虑,内观五藏,仰面合口,鼻中引出清气,气极则生,要而咽之,每一咽缩榖道一缩,再引则再如之,至再至三。若气极不能任,则低头微开口以吹宁出之,勿令耳闻出气之声,如此凡三次,是为进火一周天,俟气调匀然后行水。下篇曰"进水候",行水,鼻中取鼻涕,口中取液,聚为一处,多多益办。俟甘而热,即闭口仰面亚腰,左顾一咽,正中一咽,分三咽而下。内想一直下丹田,每一咽亦缩榖道一缩,如此一遍,是为行水一周天。每进火行水毕,然后下榻,行履自如。"后叙"曰:五行水火为初,人生水火为急。此是极易之要法,上夺天地造化。学道修真之士,初行须觉脐下如火,饮食添进,四肢轻快,是其验也。行而久之,则发白再黑,齿落重生,精神全具,复归婴儿,寒暑不能侵,鬼神不能寇,千二百岁,寿比彭老,渐为真人矣。徽宗见而嘉纳之。梁师成录其说以示人,乃简易之道,第行之者不能悠久耳。或云虞谟君明修养有得,亦祇行此法也。

　　翰苑岁供禁中立春、端午贴子,前后多矣,率多拟效旧语,故少新意,惟能道宫禁一时之事者为妙。王履道皇帝阁云:"彤霞茜雾绕觚棱,楼雪融银滴半层。别绕拟开延福宴,夹城先试景龙灯。"妃嫔阁云:"玉燕翾翾入鬓云,花风初掠缕金裙。神霄宫里骖鸾侣,来侍长生大帝君。"政和七年所进也。又皇后阁云:"蕊笈琅函受秘文,清虚道合玉晨君。瑶台夜静朝真久,金屋春寒阅箓勤。"妃嫔阁云:"瞳昽晓日上金铺,的砾春冰泮玉壶。绣户绿窗尘不到,凝酥点就辋川图。"重和二年所进也。不惟才思清丽,皆纪当时事也。

　　徐遹子闽人,博学尚气,累举不捷,久困场屋。崇宁二年为特奏名魁,时已老矣,赴闻喜,赐宴于璚林苑。归骑过平康狭邪之所,同年所簪花多为群倡所求,惟遹至所寓,花乃独存,因戏题一绝云:"白马青衫老得官，璃林宴罢酒肠宽。平康过尽无人问，留得宫花醒后看。"后仕至朝官，知广德军，谢事而归。

予四明同僚严明致养正，靖康丙午岁，仕广德军建平尉，任满入城批书，馆于郡之开化寺。一夕，梦一妇丽容服来诉曰："妾四明人也，久寓于此，未有所归，惟君子哀之，为我谋所舍。"意若求葬也。既寤，询诸寺僧，有云政和间，池阳人彭汝云为郡从事，其子妇张氏死，乃殡于城西明教院。其后改院神霄宫，徙其徒入此寺，并移其枢于此。僧辈常有见之者，不以为怪。严颇疑之。未几考课事竟，将返马，时赴郡官会。暨归，夜参半矣，方就枕，复见其人立于帐前，泣诉曰："知君戒行有日，前恳如何？"又云："欲竭奴心，誓殚素志。"严恍惚惊寤，悚悸而起，不能悉记其语。翌日，复询彭氏，则亦托者同也。

熙宁十年，京师春旱，上心焦劳，于后苑瑶津亭建道场祈祷，上精诚甚切。一夕，梦一僧，形容甚异，于空中吐云雾以兴雨。及觉，雨遂大注。上大悦，求其像于佛阁中，乃罗汉中第十尊者也。元绛厚之时为参政，作《喜雨诗》，王禹玉和其韵云："紫殿宵祈感圣忧，玉毫曾降梵王州。慈深三界云常聚，法遍诸天雨自流。作弼为霖孤宿望，神僧吐雾应精求。"云云。人多称之。

崔伯易，熙宁二年为国子监直讲，尝著《熙宁稽古一法百利论》五卷，逾万言，概以久任为要；上之，召对延和称旨，自此遂擢用，遍历清要矣。予尝求是书于其家，今亦亡矣，惜乎不见于世。以此知古人著述亡逸，不传者多矣。同时又有临川吴孝宗子经尝著三书，一曰《法语》，二曰《先志》，三曰《巷议》，旧尝传于其侄道宗梦协，亦亡于兵火。子经，予母之从叔也，今闻其从孙家尚有本，当复传之。

唐庚子西谪惠州时，自酿酒二种，其醇和者名"养生主"，其稍冽者名"齐物论"。子西诗多新意，不沿袭前人语，如《湖上》云："佳月明作哲，好风圣之清。"《独游》云："乌攫春祠敏，鸢窥野烧痴。"《醉眠》云："山静似太古，日长如小年。"又《芙蓉溪歌》云："人间八月秋风严，芙蓉溪上春酣酣。二南变后鲁叟笔，七国战处邹轲谈。""人间二月春光好，溪上芙蓉迹如扫。周家盛处伯夷枯，汉室隆时贾生老。""小儿造化谁能穷，几回枯柄还芳丛。只因人老不复少，有酒且发衰颜红。"

此兴殊新奇也。

臣昔与希真游衡山朱陵洞天，过古兰若基，野客留宿庵下，有闻类狗吠，希真谓此非人境，安得有是。客笑曰："岩腹枸杞，生而酷似，此其音也。"臣忆旧说，黎明拉客欲识其处，未至百步，皆曰彼婆娑出众荣者是，臣与希真将前，客急止曰："此神物也，侧常有蛇虎守护，必待有道之士以归，若等无得辄近。"自是每念之。或入他山中，遇樵苏又访问焉，云往往有见，但若在深绝不可到之地。元丰己未三月，陛下亲策进士集英殿。三馆故事：臣得寓直殿廊。入左银台门少四十步许，御沟之上，有若洞天所望，熟视则枸杞也。其本围尺有咫，左纽而连理。臣亟询卫士高者，对曰："闻天圣前尤盛，此荐出苗耳。"臣益悚然，窃语同舍，或曰：是虽可近而甚秘也。曾减仙山神医岩乎？既而叹曰：下诚有物耶？孕天地阴阳之至和，隐端然不可辄至之神，今乃自幸托宫槐禁柳之列，备一时洒扫之观，是岂浪出而徒然耶？偶臣属昧方士采制饵服之节度，未得相与抃舞欢呼，随万年之觞，一供吾君，亦臣子心愿目想而深可愧恨慊然者。因感而成诗，姑有待焉，云云。予因是知一物生得其地，乃尔悠久，彼南岳之丛，与银台之本，虽远近之有殊，其为深根固蒂，无芟剪之患，则所云云。予方山居小隐，当莳百本以供撷芼，虽未能拟西河女子之寿，亦足丰天随子之七挟也。

王直方立之，父名械，家多侍儿，而小鬟素儿尤妍丽。王尝以蜡梅花送晁无咎，无咎以诗五绝谢之，有云："芳菲意浅姿容浅，忆得素儿如此梅。"

李豸方叔，尝饮襄阳沈氏家，醉中题侍儿小莹裙带云："旋剪香罗列地垂，娇红嫩绿写珠玑。花前欲作重重结，系定春光不放归。"后小莹归郭汲使君家，更名艳琼，尚存也。他日访之，乃襄阳士族家，遂嫁之。

洛阳牡丹之品，见于《花谱》，然未若陈州之盛且多也。园户植花如种黍粟，动以顷计。政和壬辰春，予侍亲在郡，时园户牛氏家忽开一枝，色如鹅雏而淡，其面一尺三四寸，高尺许，柔葩重叠，约千百叶。其本姚黄也，而于葩英之端，有金粉一晕缕之；其心紫蕊，亦金粉缕之。牛氏乃以"缕金黄"名之,以篷篠作棚屋围嶂,复张青帟护之。于门首遣人约止游人,人输千钱乃得入观,十日间其家数百千,予亦获见之。郡守闻之,欲剪以进于内府,众园户皆言不可,曰:"此花之变易者,不可为常,他时复来索此品,何应之?"又欲移其根,亦以此为辞乃已。明年,花开果如旧品矣,此亦草木之妖也。

予妹夫王从一太初著《东郊语录》,有云:唐人诗云:"月落乌啼霜满天,江枫渔火对愁眠。姑苏城外寒山寺,夜半钟声到客船。"此张继《枫桥夜泊》之作也。说者谓美则美矣,但三更非撞钟时。按《南史·裴皇后传》载:齐永明中,上数游幸诸苑囿,载宫人从,车置内,深隐不闻端门鼓漏声。置钟于景阳楼上,应五更三鼓,宫人闻钟声,早起妆饰。由是言之,夜半之钟,有自来矣。予以为不然,非用景阳故事也,此盖吴郡之实耳。今平江城中从旧承天寺鸣钟,乃半夜后也,余寺闻承天钟罢,乃相继而鸣,迨今如是,以此知自唐而然。枫桥去城数里,距诸山皆不远,书其实也。承天今更名能仁云。

沈辽睿达以书得名,楷隶皆妙。尝自湖南泛江北归,舟过富池,值大风,波涛骇怒,舟师失措,几溺者屡矣。富池有吴将甘宁庙,往来者必祭焉。睿达遥望其祠,以诚祷之,风果小息,乃得维岸。乃述宁仕吴之奇谋忠节,作赞以扬灵威而答神之休,自作楷法大轴,以留庙中而去。其后乃为过客好事者取之。是夜神梦于郡守使还之,明日,守使人讯其事,果得之,复畀庙令掌之。近闻今亦不存矣。

靖康初,韩子苍知黄州,颇访东坡遗迹,常登赤壁,而赋所谓"栖鹘之危巢"者不复存矣,悼怅作诗而归。又何颉斯举者犹及识东坡,因次韵献子苍云:"儿时宗伯寄吴州,讽诵遗文至白头。二赋人间真吐凤,五年江上不惊鸥。蟹常见水人犹恶,鹘有危栖孰肯留。珍重使君寻往事,西风怅望古城楼。"然黄之赤壁,土人云本赤鼻矶也,故东坡长短句:"故垒西边,人道是、三国周郎赤壁。"则亦是传疑而云也。今岳阳之下,嘉鱼之上,有乌林赤壁,盖公瑾自武昌列舰,风帆便顺,溯流而上,遇战于赤壁之间也。杜牧有《寄岳州李使君诗》云:"乌林芳草远,赤壁健帆开。"则此真败魏军之地也。

酴醾花或作荼縻,一名木香,有二品:一种花大而棘长条,而紫

心者为酴醾；一品花小而繁，小枝而檀心者为木香。题咏者多。常记
周无外云："暖风吹麝入铅华，不肯随春到谢家。半夜粉寒香泣露，也
应和月怨梨花。"韩维持国云："平生为爱此香浓，仰面常迎落架风。
每恐春归有遗恨，典刑元在酒杯中。"未若张文潜云："紫皇宝辂张珠
幰，玉女熏笼覆绣衾。万紫千红休巧笑，人间春色在檀心。"又未若黄
鲁直云："汉宫娇额半涂黄，入骨浓薰贾女香。日色渐迟风力细，倚栏
偷舞白霓裳。"

卷十

　　崔伯易尝有《金华神记》，旧编入《圣宋文选》后集中，今亡此集。近读《曲辕集》复见之，因载之以广所闻云：汴人有吴生者，世为富人，而生以娶宗女得官于三班。嘉祐中，罢任高邮，乃寓其家于治所，而独与兄子赍金缯数百千，南适钱唐。道出晋陵，舣舟于望亭堰下。是夜月明风高，生乃危坐舱上，颓然殊不有寝意。久之，忽有绯衣被发持刃炬自竹林间出者，后引一女子，冠玉凤冠，曳蛟绡文锦之衣，颜色甚丽，而年十八九耳。生见而惊。俄顷至岸侧，回叱绯衣者曰："可去矣，无久留也！"于是灭炬泣拜而去。女子即登舟，面生坐，谓生曰："见向来绯衣者乎？此君之夙仇也，而索君且数十年矣。乃今方得之，第以我故得免，不然，今夕君当死其手。"生闻益惊骇不自安。女子笑曰："君怯耶？"即以金缕衣置肩上，生稍安，乃问曰："若神欤？其鬼耶？"女子曰："我非人亦非鬼，盖金华神也。过去生中尝与君为姻好，窃知将有所不济，故相救尔。今事已，我亦当去君矣。"遂去，不复返顾。生以目送，至于林中不见。将掩关，忽睹女子坐其后，生大惊，女子笑曰："知君怯，故相戏，安有数十年睽索，一得邂逅而遽往者耶？"遂相与入舟中，取酒共饮。其言谐谑，悉如常人，然生诫曰："毋高声，恐兄子之知。"女子曰："我声特君可闻，他人虽厉声亦不能闻也。"生益疑，窃自惧曰：此果神也，固无所惮，傥鬼则必有所畏矣。因出剑镜二物示之，女子曰："此剑镜耳，精与鬼则畏。夫剑阳物而有威者也，鬼阴物而无形者也，以无形而遇有威，是故销铄其妖而不能胜，故鬼畏剑也。镜亦阳明而至明者也，精亦阴物而伪变者也，以伪而当至明，是故暴著其形而不能逃，故精畏镜也。昔《抱朴子》尝言其略，而我知之且久矣，乃欲以相畏乎？"生惧，起谢曰："诚无他意。"至明，起谓生曰："舟楫已有晓色，势不能久留，当与君子诀矣。君后十年游华山日，多置朱粉于路隅梧桐下扬之。虽然，君今不可终此行，恐复不济也。"因索笔题诗一章曰："罗袜香消九九秋，泪痕空对月明流。尘埃不见金华路，满目西风总是愁。"书已辄复流涕，歔欷而去。明日，思其言，遂回棹不复南去。复以其事语人，人或诘其兄子，果亦不知也。

曲辕先生又尝作传，记陈明远再生事云：明远，陈氏字也，名公辟，兴化军人，尝举进士。皇祐三年春，过泗州，游普照王寺。时群僧会斋于南院，明远绕浮图，自西厢趋大殿，两庑人甚哗。独老僧敞衣庭下，倚树读青纸书，其文光彩射百许步。明远遽往揖之，僧小举手，就视其书，则金字《金刚经》，系以梁朝传大士之颂者。僧细讽自若，明远从后听之。既久，僧回顾笑谓明远曰："子亦乐此耶？"明远对之稍恭。僧读竟，遂以经授明远曰："江南李氏所施，观子之貌，且当持此。"明远喜，受之归。明旦取映日，则无复光彩，一读之，径藏书笼中。明年，从父官海陵，忽得疾，不可治以死。三日，家人将大敛，觉其体复温，移刻稍苏，又食顷乃能言，其族反惊。明远自言方疾革时，见四卒深目虎喙，持文书，有大印，字莫可辨，共执明远，桎两手，驱西北行，其势甚暴。所经依约皆广野，尘埃射人，不可辄视。渐逼大河，府署严密，门外坐卒数十，悉持梃，内有考掠声。三卒先入，一守明远于大门外，如俟命者。须臾，坐卒尽起擎跪，明远回视，一僧乘虚而行，过门见明远，植杖而立，意若哀悯。明远不觉手桎尽解，熟视其状，即泗州尝遇授经者也，因拜祈之。僧顾卒取文书略视，徐曰："府君知耶？"才欲入门，而闻府中呼应甚遽。有二人服紫服朱趋出迎之，其侍卫之盛，若世之达官。二人礼僧极恭，僧为语，二人俞喜，旁睨明远，若夙有罪者。僧呼明远前，使自忏悔。俄二人诏吏听还，二人亦谢僧去。后有吏驰出呼明远，则明远季父钘，钘太学进士有闻，亡已三年矣。既见，访明远家事，云："我当录冤簿三年，才二年尔，非佳职也。尔归持尊胜七俱胝咒，祈以免我，又有故服藏某处，幸焚之遗我。"寄声亲戚如平生。复告明远，言："世之人冤慎勿复，复之势如索绹焉，若有迨百千生不能解者，故吾此局置吏甚多，而簿书期会，常若不及，神君圣灵，尤深厌此。"言未竟，若有呼之者，因疾驰去。僧引明远游旁两大庑下，见系囚不啻数百，亦有禽兽诸虫，悉能人言，与囚对辨。群吏见僧悉拜。有械囚系以大铁锁，左右文书没其首，口尝嗫嚅出血,卒守之若使自澉,轻重不当又鞭之,其余几坏。明远窃视之,乃其表舅郑生。生为闽吏,喜以法自名,死且十年余。见明远泣下,频以手向僧,且目明远。僧笑,少以杖指之,锁械俱堕,然莫敢起,而口嗫嚅出血未已也。又见坐沙门五六人,前列败坏饮食数十瓮,气色殊恶。僧曰:"此尝弃世中供养,且重使食耳。"僧亦不甚念,复引明远出前大河,上虹桥蜿蜒,望彼岸城府楼观,烟雾出其上,明远请往观焉。僧不许,曰:"子过此无复归矣。"亟随僧趋东南来,井闾人物,差类人世,但天气乖惨,似欲雨时,而涂中所遇,往往皆昔尝所见。危冠大马,出处前后,吏卒替更而迭趋,人指以为名势挟侈快意不屈之士,皆趑趄狼狈,状若为物所迫。甚者咨嗟涕泪,悔怏自掷,意求有以亡匿而不可得。俄及前所过广野,遇溪水涨甚,思始来时则无有也。明远忧不能渡,僧乃执杖端,以末授明远而导之。始涉亦甚浅,中流明远失据将溺,因惊呼而苏。明远之复生也,桎缚之迹,隐然在臂,家人持荤饮饷之虽数十年辄掩鼻急遣去。瞻视间,僧已在室中,香气异常,亲族斋戒祈见者必暂睹裙衲杖屦而已。僧自是日以先授经义教明远,对其情品说一切世间所有之法,即心是佛,烦恼尘劳,究竟虚妄。其音靓圆若霜钟,在庭户外之人,一历耳欢然自信,终身不能忘其声。每谓明远曰:"吾即诣某寺斋。"既去,食顷后还,又言某氏斋私饮某僧酒,犹不斋耳,他时为之,未免有罪。时多疑以僧伽大师者,明远请焉,僧曰:"僧伽,吾师也。"几一月,明远躯体复壮,僧告去曰:"后十四年,吾待子于祖山。"明远问祖山,曰:"庐阜。"遂去。陈氏后求钛故衣,果得于其处,缁徒咒而火之。明远母素好释氏,悉疏其斋,虽远数百里必使人验之,明远并告以言状,具言有是尔。饮僧家闻之,终身不饮酒。然明远向所忏之罪,今反不复能记,岂昔偶萌之于心,不自引悔,而神道已录以为非耶?抑他生所为,不复自省,而幽冥记人功过,诛赏有时,而宴安人之苟为,得以自将,则跬步之间,不可以为恐惧耶?至和三年八月,明远归莆田,以故人访予,且出所授经,具道其事,欲予记之。予固已怪其人爽辨谦畏,不类向时,其志真若有所得,然未暇从其请也。今年其兄公辅调官京师,特过予,复以为言。予与公辅游十五年矣,今亦称其弟所为,如予尝所怪者。则明远由是而有闻，傥求之益勤，修之益明，守其话言，不为富贵贫贱毁誉之所迁，则其所至也，岂易量哉！因起奋笔，直载始末。明远所述盖多，其间有与佛经外史若世人已传之事略相同者，不复更录。明远父名铸，今为尚书都官郎中，通判广州。曲辕子记。予观崔公所记，抑亦异矣。彼郑生者，以法自名而获罪若是。吁，可畏哉！三尺者轻重不可逾，而法家流鲜恩寡恕，多论刻。苟容于心，已不逃于阴谴矣；若能平反明慎，天必以善应之。临政者于淑问详谳，宁可忽诸？

襄阳天仙寺，在汉江之东津，去城十里许，正殿大壁画大悲千手眼菩萨像。世传唐武德初，寺尼作殿，求良工图绘。有夫妇携一女子应命，期尼以扃殿门，七日乃开。至第六日，尼颇疑之，乃辟户，阒其无人。有二白鸽翻然飞去，视壁间圣像已成，相好奇特，非世工所能。独其下有二长臂结印手未足，乃二鸽飞去之应也。郡有画工武生者，独能模传其本。大观初，有梁宽大夫寓居寺中，心无信向，颇轻慢之。武生云："菩萨之面正长一尺。"宽以为诞，必欲自度之。乃升梯，欲以足加菩萨面，忽梁间有声如雷，宽震恛而坠，损其左手。僧教宽悔过自忏，后岁余方如旧。兹御侮于像法事者，怒其慢渎耳。

章丞相申公子厚以能书自负，性喜挥翰，虽在政府，暇时日书数幅。予尝见杂书一卷，凡九事，乃抄之，今因载于此。

一云：东汉魏晋皆以八分题宫殿榜，蔡邕作飞白，是八分字耳。是以古云飞白，是八分之轻者。卫恒作散隶，是用飞白笔作隶字也，故又云散隶终飞白。金石刻东汉魏晋皆用八分，唯小小碑刻之阴，或刻隶字也。许昌群臣劝进与受禅坛碑，皆八分之妙者。近世有荒唐士人妄谓为隶书，而不知隶书乃今正书耳。世俗亦往往从而谓之隶书，且相尚学焉，不知彼将以何等为古八分，又将以今正书为何等耶？呜呼！目前浅近之事，略涉古者，便自可知，何至昏蒙妄惑不可指示之如此耶！顾欲与其论书学之本，与用笔作字之微妙，旨远而意深者，安可得哉？盖不翅于钟鼓乐鹦，周公之服被猿狙也，事之类此者多矣。

二云：书者，六艺之一，古人列之于学，以相传授，则学者始习之已久，详知其规矩法度，与所以为书之意矣，精而熟之，不妙且神何待耶？战国秦汉以来，其学犹未绝也，故学者尚有前世之风烈。至于名家，乃多父子祖孙，岂不由师授传习之有素乎？崔、张、钟、杜、卫、索、王、庾诸人是也。会之于繇，真父子也；逸少、子敬，殆将雁行矣。

三云：吾顷见苏浩然兄弟，言其曾祖参政所收古书画，尽付幼子掌之。既薨，诸兄弟以其素所爱不复取，悉以畀之，所与共者十一二而已。其后参政之幼子官洪州，卒于官，因不归，其子幼弱，已而遂绝，书画皆散失不复存。今诸房所共有者，是十一二之粗者尔，然足以多甲士族也，使其在者不知其当如何也！须有魏晋名迹矣，惜哉！

四云：宣州笔有名耳，未必佳也。凡笔择毫净，卷心圆，便是工夫。锋之长短尖齐，在临时耳。处处皆能，要自指教，令精意而已，无他奇也。

五云：张侍禁笔甚佳，一管小字笔，写二十万字，尚写得如此，是少比也。卢管使十倍不及，是其手生也。凡习熟之与生疏，岂不相远哉！学者须先晓规矩法度，然后加以精勤，自入能品。能之至极，心悟妙理，心手相应，出乎规矩法度之外，无所适而非妙者，妙之极也。由妙入神，无复踪迹，直如造化之生成，神之至也。然先晓规矩法度，加以精勤，乃至于能，能之不已，至于心悟而自得，乃造于妙；由妙之极，遂至于神，要之不可无师授与精勤耳。凡用笔日益习熟，日有所悟，悟之益深，心手日益神妙矣。力在手中而不在手中，必须用力而不得用力，应须在意而不得在意，此可以神遇而不可以言传也。学佛者悟吾此语，可以撒手到家矣。妙哉妙哉，真至理也。

六云：吾每论学书当作意，使前无古人，凌厉钟、王，直出其上始可，即自立少分；若直尔低头，就其规矩之内，不免为之奴矣。纵复脱洒至妙，犹当在子孙之列耳，不能雁行也，况于抗衡乎？此非苟作大言，乃至妙之理也。禅家有云：见过于师，方堪传授；见与师齐，减师半德。悟此语者，乃能晓吾言矣。夫于师法不传，字学废绝数百年之后，欲兴起之，以继古人之迹，非至强神悟，不能至也。

七云：学书须先极取骨力，骨力克盈有羡，乃渐变化收藏；至于潜伏不露，始为精妙。若直尔暴露，便是柳公权之比张筋努骨，如角觚武夫，不足道也。

八云：杨小漕言其兄官江夏，有道人自称吕亢圭，时时延之学院中。二侄幼小，颇勤待之。或言事，往往有验。一日，忽再三言云："恶人将至矣，须急避之。"时众人亦不甚留之。暂尔，径渡江表，人但讶其所谓恶人者何也？是夜，忽提刑喻君涉至州，州郡都不知之，乃是乘便风，一日行六七程，径至岸下耳。喻到，则遣人访求吕，不见踪迹，喻乃亲自密问。得与一人往还至熟，呼之至，即岑文秀也。诘其所得，云无有。喻作声色，且将笞之。岑终言无。喻不信，遣熟事吏往搜其家，乃于神堂壁中得所与岑长歌一首，是言内事。岑乃云："吕实付此诗，云：汝今未晓，异日当为子详说之。"喻乃云："吕即吕先生也，其名亢圭，是解拆先生二字耳，亦不知其定如何也。"众乃悟所谓"恶人"者指喻耳，是恐其迫逼求之也。

九云：吾今日取君谟墨迹观之，益见其学之精勤，但未得微意尔；亦少骨力，所以格弱而笔嫩也。使其心自得者，何谢唐人？李建中学书宗王法，亦非不精熟，然其俗气特甚，盖其初出于学张从申而已。君谟少年时乃师周越，中始知其非而变之，所以恨弱，然已不意其能变之至此也。吾若少年时便学书，至今必有所至，所以不学者，常立意若未见钟王妙迹，终不妄学，故不学耳。比见之，则已迟晚，故悟学皆迟，今但恐手中少力耳。若手中不乏力，不甚衰疲，更二十年，决至熟妙处。此须常精勤乃可，若不极精勤，亦不能至也。凡学者可以不自勉乎？元祐六年十一月五日，西斋东窗大涤翁书，时小至后一日也。

重和戊戌岁，平江有盘门外大和宫相近耕夫数人穴一冢，初入隧道甚深，其中极宽，如厦屋然，复有数门，扃镉不可开。耕者得古器物及雁足镫之类，以为铜也，欲货之，熟视之乃金，因分争至官。时应安道逢原为郡守，尽令追索元物到官，乃遣郡官数人往闭其穴，观者如堵。其中四壁皆绘画嫔御之属，丹青如新。画手殊奇妙，有一秘色香炉，其中灰炭尚存焉。诸卒争取破之。冢之顶皆画天文玄象，此特初入之室，未见棺椁，意其在重室内也。又得数器而出，乃掩之。后考《图经》云：吴孙破虏坚之墓也。然考之吴志，坚薨葬曲阿，未详此果何人也。

宋次道《春明退朝录》云：王侍郎子融言，天圣中归其乡里青州。时滕给事涉为守，盛冬浓霜，屋瓦皆成百花之状，以纸摹之，其家尚余数幅。政和丙申岁，先君为真州教官，时朝廷颁雅乐，下方州，仪真学中建大乐库屋，积新瓦于地。一夕霜后皆成花纹。极有奇巧者，折枝桃梨，牡丹海棠，寒芦水藻，种种可玩，如善画者所作。詹度安世为太守，讽学中图绘，以瑞为言，欲谀于朝。先君不从，乃已。

俞紫芝秀老，荆公客也，能诗，公极善之。尝有《咏草》一篇云："满目芊芊野渡头，不知若个解忘忧。细随绿水侵离馆，远带斜阳过别洲。金谷园中荒映月，石头城下碧连秋。行人怅望王孙去，买断金钗十二愁。"为人所称赏。

世画骨观作美人而头颅白骨者，饶德操题其上云："白骨纤纤巧画眉，髑髅楚楚被罗衣。手持纨扇空相对，笑杀傍观自不知。"

元祐以后，宗室以词章知名者如士暕、士宇、叔益、令畤、虩之，皆有篇什闻于时。然近属环卫中能翰墨尤多，如嗣濮王仲御喜作长短句，尝见十许篇于王之孙□□皆可俪作者，不能尽载，如上元扈跸作《瑶台第一层》云："巘管声催，人报道、嫦娥步月来。凤灯鸾炬，寒轻帘箔，光泛楼台。万里正春未老，更帝乡日月蓬莱。从仙杖，看星河银界，锦绣天街。　　欢陪。千官万骑，九霄人在五云堆。赭袍光里，星球宛转，花影徘徊。未央宫漏永，散异香、龙阙崔嵬。翠舆回，奏仙韶歌吹，宝殿樽罍。"每使人歌此曲，则太平熙熙之象，恍然在梦寐间也。

杨纬字文叔，济州任城人，以明经中第，累任州县，皆有能称。后为广州观察推官。元祐二年正月，以疾卒于官，道远丧未还乡。其侄珣，一日晡时，恍然如醉梦中，见其叔骑从甚都，来其家。珣亟拜之，既坐，言语如平时。珣问："叔今代满耶？"曰："我今为忠孝节义司判官矣。所主人间忠臣孝子、义夫节妇事也。其职甚高而闲逸，故来别汝也。"人但见珣若与人言语时且拜也。至夜，珣乃省，久而方言曰："适广州叔来，其言如是。"众方悲骇，知纬死矣。珣曰："叔临去有紫衣吏曰：府君好范山下石台，可即台立祠以祀之。"后呼工为像，一塑遂肖其容状。州县以纬别无功绩，不敢闻于朝，而乡人岁时但即其墓而祭之。

宋宣献公绶《宫梅诗》云：“阆苑春多非世境，层城花早出宫栏。”用梁简文帝《梅花赋》曰“层城之宫，灵苑之中，梅花特早，偏能识春”之语也。

山谷在荆州时，邻居一女子闲静妍美，绰有态度，年方笄也。山谷殊叹惜之，其家盖间阎细民也。未几嫁同里，而夫亦庸俗贫下，非其偶也。山谷因和荆南太守马瑊中玉《水仙花诗》，有云：“淤泥解作白莲藕，粪壤能开黄玉花。可惜国香天不管，随缘流落小民家。”盖有感而作。后数年，此女生二子，其夫鬻于郡人田氏家，憔悴顿挫，无复故态，然犹有余妍，乃以国香名之。

济州士人邓御夫，字从义，隐居不仕，尝作《农历》一百二十卷，言耕织、刍牧、种莳、耘获、养生、备荒之事，较之《齐民要术》尤为详备。济守王子韶尝上其书于朝，今未见传于世，尝访于藏书之家，或有见者。

王禹偁元之，久为从官，而未尝知举，有诗云：“三入承明不知举，看人门下放门生。”王岐公珪在翰苑凡十七八年，三为主文，常在试闱戏书考簿后云：“黄州才藻旧词臣，几叹门生未有人。自笑晚游金马客，曾来三锁贡闱春。”

龙眠李亮工家藏周昉画美人琴阮图，殊有宫禁富贵气，旁有竹马小儿欲折槛前柳者。亮工官长沙时，黄鲁直谪宜州，过而见之，叹爱弥日，大书一诗于黄素上云：“周昉富贵女，衣饰新旧兼。髻重发根急，薄妆无意添。琴阮相与娱，听弦不停手。敷腴竹马郎，跨马要折柳。”其画后归禁中，而诗不见于集也。

汪彦章四六之工，自少年即妙。崇宁三年，霍端友榜琼林苑宴谢颁冰，彦章作谢表有云：“使嗽润而呎清，得除烦而涤秽。顺时致养，俯同幽雅之春开；受命知荣，固异卫人之夕饮。”又云：“深防履薄之危，不昧至坚之渐。子孙传诵，记御林金碗之香；生死不忘，动宫井玉壶之洁。”

韩子苍与曾公衮、吴思道戏作冷语，子苍云：“石崖蔽天雪塞空，万仞阴壑号悲风。纤纬不御当玄冬，霜寒坠落冰溪中。斫冰直侵河伯宫，未若冷语清心胸。"公衮云："万山云雪阴霾空，千林雾霡水摇风。冻河彻底连三冬，嘉平晓猎崤函中。十二律吕相与宫，安得此候疏烦胸。"思道云："□□□□□□□□□□□□□□□□凛如冬，露下紫微花影中。长哦白雪明光宫，众泉涌此万卷胸。"此格起于晋人之危语也。

汤泉有处甚多，大热而气烈，乃硫黄汤也。唯利州褒禅山相近，地名平疴镇，汤泉温温可探而不作火气，云是朱砂汤也。人传昔有两美人来浴，既去，异香郁郁，累日不散。李端叔过浴池上作诗云："华清赐浴记当年，偶托荒山结胜缘。未必兴衰异今昔，曾经天女卸金钿。"

晁说之以道作《感事诗》云："干戈难作墙东客，疾病犹存砚北身。"用避世墙东王君公事，而砚北身乃《汉上题襟集》段成式书云："杯宴之余，常居砚北。"又云："长疏砚北，天机素少。"又云："笔下词文，砚北诸生。"盖言几案面南，人坐砚之北也。

予少年在湘阳，曾弦伯容云："唐人能造奇语者，无若刘梦得作《连州厅壁记》云：环峰密林，激清储阴，海风殴温，交战不胜，触石转柯，化为凉飔。城压赭冈，踞高负阳，土伯嘘湿，抵坚而散，袭山逼谷，化为鲜云。"盖前人未道者。不独此尔，其他刻峭清丽者，不可概举。学为文者不可不成诵也。

历代笔记小说大观总目

汉魏六朝

西京杂记(外五种) 〔汉〕刘歆 等撰 王根林 校点

博物志(外七种) 〔晋〕张华 等撰 王根林 等校点

拾遗记(外三种) 〔前秦〕王嘉 等撰 王根林 等校点

搜神记·搜神后记 〔晋〕干宝 陶潜 撰 曹光甫 王根林 校点

世说新语 〔南朝宋〕刘义庆 撰 〔梁〕刘孝标注 王根林 标点

唐五代

朝野佥载·云溪友议 〔唐〕张鷟 范摅 撰 恒鹤 阳羡生 校点

教坊记(外七种) 〔唐〕崔令钦 等撰 曹中孚 等校点

大唐新语(外五种) 〔唐〕刘肃 等撰 恒鹤 等校点

玄怪录·续玄怪录 〔唐〕牛僧孺 李复言 撰 田松青 校点

次柳氏旧闻(外七种) 〔唐〕李德裕 等撰 丁如明 等校点

酉阳杂俎 〔唐〕段成式 撰 曹中孚 校点

宣室志·裴铏传奇 〔唐〕张读 裴铏 撰 萧逸 田松青 校点

唐摭言 〔五代〕王定保 撰 阳羡生 校点

开元天宝遗事(外七种) 〔五代〕王仁裕 等撰 丁如明 等校点

北梦琐言 〔五代〕孙光宪 撰 林艾园 校点

宋元

清异录·江淮异人录 〔宋〕陶穀 吴淑 撰 孔一 校点

稽神录·睽车志 〔宋〕徐铉 郭彖 撰 傅成 李梦生 校点

贾氏谭录·涑水记闻 ［宋］张洎 司马光 撰 孔一 王根林 校点

南部新书·茅亭客话 ［宋］钱易 黄休复 撰 尚成 李梦生 校点

杨文公谈苑·后山谈丛 ［宋］杨亿口述、黄鉴笔录、宋庠整理 陈
　　师道 撰 李裕民 李伟国 校点

归田录(外五种) ［宋］欧阳修 等撰 韩谷 等校点

春明退朝录(外四种) ［宋］宋敏求 等撰 尚成 等校点

青琐高议 ［宋］刘斧 撰 施林良 校点

渑水燕谈录·西塘集耆旧续闻 ［宋］王辟之 陈鹄 撰 韩谷 郑世刚
　　校点

梦溪笔谈 ［宋］沈括 撰 施适 校点

麈史·侯鲭录 ［宋］王得臣 赵令畤 撰 俞宗宪 傅成 校点

湘山野录 续录·玉壶清话 ［宋］文莹 撰 黄益元 校点

青箱杂记·春渚纪闻 ［宋］吴处厚 何薳 撰 尚成 钟振振 校点

邵氏闻见录·邵氏闻见后录 ［宋］邵伯温 邵博 撰 王根林 校点

冷斋夜话·梁溪漫志 ［宋］惠洪 费衮 撰 李保民 金圆 校点

容斋随笔 ［宋］洪迈 撰 穆公 校点

萍洲可谈·老学庵笔记 ［宋］朱彧 陆游 撰 李伟国 高克勤 校点

石林燕语·避暑录话 ［宋］叶梦得 撰 田松青 徐时仪 校点

东轩笔录·嫩真子录 ［宋］魏泰 马永卿 撰 田松青 校点

中吴纪闻·曲洧旧闻 ［宋］龚明之 朱弁 撰 孙菊园 王根林 校点

铁围山丛谈·独醒杂志 ［宋］蔡絛 曾敏行 撰 李梦生 朱杰人 校点

挥麈录 ［宋］王明清 撰 田松青 校点

投辖录·玉照新志 ［宋］王明清 撰 朱菊如 汪新森 校点

鸡肋编·贵耳集 ［宋］庄绰 张端义 撰 李保民 校点

宾退录·却扫编 ［宋］赵与时 徐度 撰 傅成 尚成 校点

桯史·默记 ［宋］岳珂 王铚 撰 黄益元 孔一 校点

燕翼诒谋录·墨庄漫录 ［宋］王栐 张邦基 撰 孔一 丁如明 校点

枫窗小牍·清波杂志 ［宋］袁褧 周煇 撰 尚成 秦克 校点

四朝闻见录·随隐漫录 ［宋］叶少翁 陈世崇 撰 尚成 郭明道 校点

鹤林玉露 ［宋］罗大经 撰 孙雪霄 校点

困学纪闻 〔宋〕王应麟 撰 栾保群 田松青 校点

齐东野语 〔宋〕周密 撰 黄益元 校点

癸辛杂识 〔宋〕周密 撰 王根林 校点

归潜志·乐郊私语 〔金〕刘祁 〔元〕姚桐寿 撰 黄益元 李梦生
　　校点

山居新语·至正直记 〔元〕杨瑀 孔齐 撰 李梦生 庄葳 郭群一
　　校点

南村辍耕录 〔元〕陶宗仪 撰 李梦生 校点

明代

草木子(外三种) 〔明〕叶子奇 等撰 吴东昆 等校点

双槐岁钞 〔明〕黄瑜 撰 王岚 校点

菽园杂记 〔明〕陆容 撰 李健莉 校点

庚巳编·今言类编 〔明〕陆粲 郑晓 撰 马镛 杨晓波 校点

四友斋丛说 〔明〕何良俊 撰 李剑雄 校点

客座赘语 〔明〕顾起元 撰 孔一 校点

五杂组 〔明〕谢肇淛 撰 傅成 校点

万历野获编 〔明〕沈德符 撰 杨万里 校点

涌幢小品 〔明〕朱国祯 撰 王根林 校点

清代

筠廊偶笔 二笔·在园杂志 〔清〕宋荦 刘廷玑 撰 蒋文仙 吴法源
　　校点

虞初新志 〔清〕张潮 辑 王根林 校点

坚瓠集 〔清〕褚人获 辑撰 李梦生 校点

柳南随笔 续笔 〔清〕王应奎 撰 以柔 校点

子不语 〔清〕袁枚 撰 申孟 甘林 校点

阅微草堂笔记 〔清〕纪昀 撰 汪贤度 校点

茶余客话 〔清〕阮葵生 撰 李保民 校点